U0133666

真理的道路

安·夏洛特·莱芙勒的生活和创作

[瑞典] 莫妮卡·劳瑞琛 / 著
Monica Lauritzen

王 晔 / 译

世纪文景

世纪出版集团 上海人民出版社

安·夏洛特·莱芙勒的画作

斯德哥尔摩皇家剧院（1863—1907）

安·夏洛特·莱芙勒的第一部戏剧《女演员》的海报

斯德哥尔摩新剧院内景（1875—1925）

安·夏洛特·莱芙勒的戏剧
《一个营救天使》《真正的女人》的海报

安·夏洛特和她的母亲（右）

安·夏洛特和她的兄弟们

安·夏洛特和她的第一任丈夫（左）

安·夏洛特的情人亚当·豪赫

安·夏洛特的第二任丈夫帕斯夸列·德尔·派左　　作为卡伊阿内洛公爵夫人的安·夏洛特

安·夏洛特·莱芙勒和朋友塞克拉·霍德贝里

安·夏洛特·莱芙勒和索菲娅·柯瓦列夫斯卡娅

改良服装（左）与巴黎时装（右）的对比

安·夏洛特·莱芙勒（上排左三）与朋友身穿改良服装参加慈善义卖

中文版前言

莫妮卡·劳瑞琛

　　这是关于瑞典作家安·夏洛特·莱芙勒的故事。她在19世纪末结束了她那短暂而波澜壮阔的一生。她创作了让当今读者依然能感觉新鲜和激动的作品，这包括多部剧本、短篇小说以及一部长篇小说。在19世纪80年代，她被看作她那个年代作家中的领军人物之一。

　　我期待了解她，因为她是为我及其他瑞典妇女奠定了基础的女性中的一个。今天，我、我的女儿和外孙女能生活在一个自由、平等和独立的瑞典，要感谢她和许多她那个时代的人的天才、意志和勇气。

　　你可能会疑惑，这个故事和你以及你的生活能有什么样的关系呢。故事中很多的情形和人物肯定让你觉得是异国的、奇特的。这和我们的文化差异有关，但也是因为时代的变迁。

同时，我认为，你会认识到我在这个故事里要探究的基本问题：一个年轻女子，她的梦想和抱负被她的家庭、丈夫以及（或者）古怪的社会碾压会是一种什么感觉呢？一个妇女想冲破让她窒息的婚姻，这是否能被允许？妇女的舆论为何不能和男人的一样强大有力？这些都是今日依然存在的古老问题。

　　本书的原始版本于 2012 年由阿尔伯特·伯尼尔斯出版社在瑞典出版。如今的中文版译自我在 2015 年编成的缩写本，它更凝练、去除了一些主要是面向瑞典读者的细节，更适合中国读者阅读。

记住，这是自从最不成熟的青年时期，我作为作家一直在奋争的——扩大心理观察的范围，不计后果地说出别人一般不敢说的，摆出真正的真理。

——安·夏洛特·莱芙勒1890年7月2日给哥哥尤斯塔·米塔格-莱芙勒的信

目 录

第一章

舞台，她所处的社会和文化环境

安·夏洛特·莱芙勒（1849—1892）是斯堪的纳维亚文学史上通常被称为"现代的突破"时期的瑞典女性代表作家。凭借匿名投稿的剧作《女演员》获得第一个轰动性成功后，19世纪80年代早期，她的真名"安·夏洛特·埃德格伦"也为人熟知。她比古怪的奥古斯特·斯特林堡易于把握，一度被赞为青年一代的领军人物。在她身上，有一种让同时代人困惑的卓越智慧与强烈情感的统一。人们会问，何以有这样的冷峻？一个女人真能如此善于辨析吗？她个性复杂，收敛的表面下隐藏的是悸动的情感生活。在她的早期作品中能觉察到这一并行的潜流。在这些作品里，她做了一系列突破性尝试，最终，在成熟的作品中突围成功，有了自由的表达。

安·夏洛特·莱芙勒短暂的生命富有戏剧性。从温柔的闺秀到恪尽职守的官员太太，继而成长为闪耀着快乐光芒的意大利公爵夫人、婴儿的母亲以及借激进观点获得国际知名度的作家。这是一出让人好奇的个人命运。同时，这也开启了一个可能性，一个使人明白19世纪80年代后半期，和这样一群妇女相关的条件和状态到底是什么的可能性——这群妇女憧憬能拥有一个艺术家、思想者和性爱个体的独立身份。

她的艺术表达欲在早期就很明显，只是社会的习俗和广泛的社会责任让她刹车，她的自信在周围至亲的激烈批评下摇摆。不过她不同寻常地聪慧、好奇且勇敢。有多少同时代女性没期待过一个更自由的生活呢？在那里，她们能表达艺术才华，而不是被紧箍在一个强调什么才是合适的框架里？然而，多数是折断了或投降了。我们能很容易地列出一个有才华女性的名单来，她们让自己满足于做些次要事务，充其量是在更有名的艺术家丈夫的家庭神话里贡献些艺术性的装饰。文学的才华奉献于给孩子们讲述的童话——这常常是个选择。受过长期音乐训练的女子是布尔乔亚沙龙里受欢迎的资产。然而，有多少人是成为职业音乐家和作曲家的呢？又有多少人没有对一个新的、自由的男女关系大胆向往，而又不得不失望的呢？

安·夏洛特·莱芙勒贪婪地吮吸着，对文学、戏剧、艺术、科学、社会政策、妇女参政、道德辩论等各领域的新观念做出反应。于是，她的生活和创作成了一面棱镜，捕捉也折射了她生活的那个时代。跟随这位充满天赋、意志强大的女人，固执又坦率地努力走出对生来具有的妇女天性的偏见牢笼，这是一场历险。她的严肃认真和对至亲们的考虑让人尊重，但让人真正印象深刻的，是她对前方正确道路的确信，这条路是为她自己，也为人类——根植于对自由、真理和人性的追求。她是现代的，在研究中愿将自己、家庭、朋友作为文学原始素材的人。我们也能认出她的确信，就是说，个人真相里蕴含着广泛和有用的洞察，是不同于指针和趋势的东西。《为了幸福的争斗》和《真理的道路》是她后期两部剧本的标题，都反映了她最深的动力。后一个拿来用作这部讲述安·夏洛特·莱芙勒的生活和作品的传记标题。

安·夏洛特·莱芙勒 1849 年 10 月 1 日生于斯德哥尔摩。10 月 1 日是很多瑞典家庭搬迁新居的日子。很久以后，她说，这使她成了一只迁徙鸟，一个不安的灵魂，不为任何障碍所阻——无论是地理的、情感的还是社会的。父亲乌罗夫·莱芙勒是位人文科学博士、校长；母亲古斯塔娃，婚前姓米塔格，是一位保守牧师的女儿。古斯塔娃很知性，会多种语言，还读过很多书。两个儿子，生于 1846 年的尤斯塔和生于 1847 年的弗瑞兹已经在这个家里。五年后，这个家中，另一个男孩阿瑟诞生。

要准确理解安·夏洛特·莱芙勒的生活故事的力量和

意义，必须弄清，这个小小女孩投身的城市和社会是什么。19 世纪中期，斯德哥尔摩还是个人口不足十万的小城市。五十年里增加的人口不超过一万八千。虽然已有大量从乡村涌来的移民，但每一年里，死去的人比新出生的多。几乎有一半孩童五岁不到就死了。因为当时的斯德哥尔摩是欧洲最不健康的城市之一。城市的大部分地区还有许多破旧不堪的低矮木屋，那里的卫生不值一谈。此外，是火灾。叫人困惑、无所作为的消防服务，让火成了对人的生命的持续威胁。厕所排污和生活垃圾都被倾倒在市中心的池塘里。饮用水取自普通水井。在 1834 和 1873 年间，发生过不下十次的霍乱流行和肺结核灾难。此外，另一个问题是，人们很难走出城，因为路面和行人道都很破败。街灯照明昏暗，交通工具缺乏。

在很多方面，19 世纪 50 年代的开头几年是斯德哥尔摩的一个转折点。在接下来的半个世纪中，城市在物质环境方面取得了长足发展。市中心越来越多的街道铺设了人行道。煤气灯在 1853 年被引进，此后又逐渐被电灯取代。固定的公共马车线路开始运送城市居民。第一座净水厂于 1861 年建成，第二座是在二十年后。在拖延了一阵后，污水处理系统也建好了。1883 年，斯德哥尔摩有了第一批抽水马桶。臭气熏天的污水塘被抽空、改建。19 世纪 70 年代，一项新的城市规划得以实施，这为城市中心的全面现代化及被控制的市郊扩张铺平了道路。迈向 19 世纪末，斯德哥尔摩的死亡率从人口的千分之三十四降到了千分之十七。

这一进步和19世纪后五十年出现于瑞典社会几乎所有领域的深刻变化紧密相关。这也成为关于两种力量的力度测量：反作用力和使个人以一种迄今从未知晓的方式被卷入的前进力。对安·夏洛特·莱芙勒来说，是一条通往成为有独立地位的妇女和作家的道路的挑战，这要求她对自小所受的教育给予她的整个世界图景重作评价。

很早，写作就是安·夏洛特的主要兴趣；很快，写作更成了她的生活驱动力。然而，她想自由地发展写作事业会有怎样的可能性呢？一个19世纪中期出生在斯德哥尔摩的，具有清晰思路、强大艺术天分和表达欲望的女孩，她的条件会是怎样的呢？她出生在一个不同阶层有巨大差异的社会。作为一个当校长的父亲及有贵族血统的母亲的女儿，安·夏洛特·莱芙勒处于中产阶级上层，能获得信息和文化资源及都市提供的社会生活。在家里，家务由低薪仆人们承担。儿子们能接受教育，在一个更小层面上，甚至女儿也能得到。事实上这个阶级社会是分成两半的，一半是男性的，一半是女性的——带着根本不同的游戏规则。

男性对女性几乎有毫无限制的权威。变化确实在逼近，从1840年早期开始，妇女的解放已是一个被热烈辩论的话题。家长制依然生效。就是说，妻子、孩子和佣人从属于家庭的男主人。最初，寡妇是唯一可以自己控制生活中的大事小事，经营自己收入和财产的妇女。渐渐地，甚至未婚女性也能有一定的自我决定权了。1884 年，未婚女性可以掌握自己的经济的法定年龄降到了 21 岁，和男子一样了。安·夏洛特·莱芙勒 10 岁时，妇女获得了成为教师的机会。又过了些年，女子可接受高等教育，有权拿文凭。

1872 年，23 岁的安·夏洛特·莱芙勒结婚时，须得到父亲，可能还有长兄的同意。作为已婚妇女，她依然是个"未成年者"。她的丈夫有义务和权利在所有法律和经济事务上代表她。其他的一切建立在自愿的同意之上，是有条件的。不过，1874 年，一项法律给予已婚妇女拥有劳动收入权。妇女选票还不在论题之内。到了 1921 年，瑞典才有了男女平等的选举权。到那时，已婚妇女才终于成年。

男女作为社会存在的差别体现在立法上，也体现在整个社会体系里。不过，甚至教会也强调，女性比男性低等。在此之上，是更模糊但并非不强大的关于性别角色观念的宣传。自 18 世纪起，借助于一本特别的小小的意见册，将目标锁定有责任心的母亲，它带来的是关于一个真正的女性该如何被塑造的规范。女子在根本上是不同于男子的，作为男子的补充而不是竞争对手，需找到自己的活动领域。公共生活是男人的领域。妇女的范围是家庭，在家里，她应是合作的力量，是感性和道德的泉源。安·夏洛特·莱芙勒的母亲古斯塔娃·莱芙勒正是这样一位女性。

这种妇女观传达给所有年轻女子并内化成她们的自我形象，甚至给男子带来精神和情感上巨大的优势。对于像安·夏洛特·莱芙勒这样有巨大才华的年轻女子来说，这是一条必须冲破的锁链。她的女性性别是并且持续是她最大的残障，但也是最首要的挑战。从她的书信和文字作品，人们可以追踪她是如何与关于妇女该怎样被塑造的理解格斗的。她越来越勇敢和自由，可她从未完全自由于那份高压，以便定义自己是一个个人而不是一个女人。

安·夏洛特·莱芙勒在43岁去世。她留下的大量书信印证，她和当时的知识分子领袖有着广泛的联系。书信证明了她对联系和确认的强大需要。对她来说，和一些或许是另一个自我的人交换想法十分重要。不过书信也给了她机会反思、分析和总结生活和情感。它们传达的是一个女性的形象，这形象在她去世一百二十年后，依然十分鲜活。这是一个坚强又有才华的女子的故事，她在知识、艺术和性上受阻于她的时代的妇女理念，但她固执又勇敢地追求了自己的真理。

第二章

一名完全常见的通常的女孩：1849—1872 年

一个和谐的童年

"我的童年和 15 岁之前的日子非常幸福与和谐,可以说,直到 20 岁,我压根没体验过什么叫摩擦和冲突。"1890 年 10 月,在一份自传草稿里,已是国际知名作家的安·夏洛特·莱芙勒这么写道。那时,她刚满 41 岁。这是一位有见识的女性做出的有趣声明。在这里,她被一种阐明的需要引导,觉得有必要说明那些和成为作家的野心相矛盾的事实。

不然,她为何要在宣称自己不同寻常地开心、和谐不过几行之后,就说当她偶尔参加孩童舞会时是如何痛苦呢?从那些穿戴优雅的同学那里感到的压倒性自卑是多么让人心碎。古怪的害羞导致她在学校假装无知，事实上，她知道所有问题的答案。是什么使这个早熟女孩第一次读课本时声音颤抖，眼含泪水？这种不安全性从哪里来？

自然，她的害羞可能是天生的性格特点。她暗示自己和两个哥哥尤斯塔和弗瑞兹在这方面有共同之处。但考虑到两个哥哥都成了教授——一个研究数学，一个研究比较语言学，而她成功地让自己当上了先锋作家，我们很自然地要去探究，在兄妹们近旁的、早期的社会不确定性。

父亲乌罗夫·莱芙勒几乎什么也不管。作为校长，他为其他孩子而不是自己孩子的事忙得团团转。取而代之，是古斯塔娃承担培养儿女的主要责任。安·夏洛特·莱芙勒形容，自己的母亲正是19世纪对家庭气氛和孩子的道德修养负责的母亲的理想图。带着温暖的和富于想象力的天性，她给自己周围的人撒播了快乐与温馨。同时，她轻松地驾驭家务，有很多时间给孩子们。

不可否认，古斯塔娃·莱芙勒在有限的资源中做到了为孩子们创造一曲布尔乔亚的田园牧歌。在19世纪60年代早期，饮用水不合格，斯德哥尔摩的面包糟透了，黄油味如煤油，牛奶掺着水，外加一两只蝌蚪绝非偶然，肉店又脏又黑又臭，鱼和蔬菜难得一见。然而女作家记得，莱芙勒家的兄妹可从不缺什么。他们得到了能向往的，和教育、衣服、食物及娱乐相关的一切。不过，孩子们的满足也可能是严格家教的产物。

近距离观察古斯塔娃·莱芙勒和孩子们的关系，能发现安·夏洛特·莱芙勒描绘的母亲古斯塔娃的理想图其实显现着一个背面。古斯塔娃在处理实务和智识上都有高度的天赋。但她也是个独断的人，有强大的控制欲。顺应当时的期望，她可能为孩子们投入了更多精力和兴趣，因为孩子们都变得和母亲联系紧密。事实上，这个时而会是个禁锢的母女间的纽带是将来的女作家必须战胜的，这样，她才能实现自己。

然而她20岁时遇到的冲突是什么呢？也许，她想到的是父亲的病。那时，她父亲遭受深度抑郁的袭击，最终导致他在看护中心度过余生。这是个也引起了家庭财政困难的难以承受的悲伤。不过，这是她所指的冲突吗？可能还有另一个解说。1868年10月，她给女友塞克拉·霍德贝里写信，声称她坚信写作是她真正的召唤和使命。"假如我放弃写作，等于放弃我的生命。"几个月后，安·夏洛特·莱芙勒初见古斯塔夫·埃德格伦。他平稳、善良、深情。可他低估她的文学才能，认为主妇和妻子的使命远比写小说崇高和神圣。他甚至因为她和他谈自己的小说创作感到不适和心悸。她还是嫁给了他。她为何要这么做？

从少女时代她和知己塞克拉·霍德贝里的通信中，可看出是什么导致她作此决定。这些信充满一时的不确定、陈腐的推理、梦想和计划，所有这些一起构成一个痛苦的证词——关于一位有卓越的才华和被压抑的对自由的渴望的年轻女性，在19世纪60年代末必须应对的矛盾的冲动。在所有对日常和社交生活的嘀咕中，在捍卫自己的写作的底色里，婚姻成了不可避免的威胁——或者保证。

她想要一个活跃而有意义的人生。但她最大的梦想是成为作家，能一直写作和阅读。对于一个背负着有关女性正确天性的现行观念的女子，新的逐步展开的可能性到底有多少？她的才华足够吗？不惜代价，她都要避免被称为"蓝袜子"——一个被滥用了的对自由女性的侮辱性名词。

一种相当奇妙的女生情谊

当时的社会对"蓝袜子"有根深蒂固的蔑视。这也是安·夏洛特·莱芙勒接受教育的瓦林斯卡学校的基础。在学校的一份说明书上，校方强调，教育不能侵害女性以"温柔的美德、宽恕的仁爱、温和的忍耐、谦卑和无私，灵魂的纯净和心灵的平和"为特征的天性。不，学生们将不会是什么女学者。这会以四年短暂的在校时间里过多的内容不同的知识专题来保证。即便安·夏洛特很享受学校教育，很快，对于她和她亲近的朋友来说，存在着一个潜在矛盾。她们都有明显的智识和艺术倾向。一扇门对她们打开了只是为了砰地关上。信号很清楚：到这里，但不能到更远。随之而来的是长久的对抗羞耻和罪过的争斗。她们非女性化吗？她们不自然吗？她们背叛了上帝对她们作为女性的规定吗？

不过只要安·夏洛特还在学校，她是无忧无虑的。她被学校的功课激励，环境不错，要求也不含糊。这里，知识竞赛是首要事务，此外还有空间留给她的写作欲望。她在课余给校报写稿，也写剧本供娱乐表演。一个朋友记得她很本分也很快活，始终如一、开放、率真、简单、忠实于朋友、脾气温顺。

假如追溯安·夏洛特少女时代的书信，能发现这评价和她给母亲及兄弟们留下的印象吻合。然而她和最好的朋友塞克拉·霍德贝里的通信更随意、亲密，充满激情的喜爱，有时甚至直率得粗暴。这样的信件联络似乎对她们俩都是必要的气阀。

信很长，往往超过二十页。在这些信中，她们讨论宗教问题、文学批评、最贴心的问题和生活计划，通报家人的日常生活和社交中的事。安·夏洛特也表露了想虚构故事的渴望。

两个女孩在1864年1月塞克拉来到瓦林斯卡学校时相识。那时，霍德贝里一家从延雪平搬到了斯德哥尔摩，她父亲是个富裕的医生。和安·夏洛特一样，塞克拉对知识有强烈的渴望。她把自己投身于学习，只用了五个学期不到的时间就完成了四年的课程，在除绘画之外的科目上都获得了高分。在那个短暂时间里，两个女孩在同一智力层面上找到了彼此。她们也在情感上相互面对。能感觉到，在一些几乎是调情的少女之爱的信上，塞克拉称安是她的"天使"，而安称呼塞克拉是她的"小斑鸠"。安·夏洛特认为，这是一种相当奇妙的女生情谊。

让安·夏洛特和塞克拉有了密集书信往来的外部原因是，塞克拉的父亲在斯德哥尔摩郊外一百五十公里处买了座乡间产业安顿他的家。对塞克拉来说，这可是个灾难。第一次到榛树岛庄园，她勉强承认，那幢大房子十分漂亮，还有一座大大的果园。安顿下来后，她读了大量的流行书。但父母阻止了她进一步的学习。回顾往事，她写到，10岁时，自己就在精神上被埋葬了。

安·夏洛特定期拜访榛树岛庄园。她对母亲谈起那里美丽的环境，谈起去牧师的宅子和村里的学校，谈起好吃的，还有与塞克拉及其姐姐们的相处。甚至塞克拉的姐姐西格奈也成了安·夏洛特终生的朋友。塞克拉和西格奈有时会到斯德哥尔摩，那么，她们自然会和莱芙勒一家在一起。安·夏洛特觉得要感谢女友的地方很多，但两人都从这友谊中获益。她觉得，能有这样另外一个自己总是很好。甚至在后来的生活中，安·夏洛特·莱芙勒和其他朋友也有这样的连接。和另一个人共生的亲近是这个外表看来有些苛刻且拒人于千里之外的女人一生渴望的。

狭窄的道路

1865 年 10 月 1 日，安·夏洛特满 16 岁，是时候考虑她的坚信礼了。在第二天给大哥尤斯塔的信中，她期望自己的坚信礼教师是德国人教区的牧师约翰奈斯·罗斯列博。他是个受人欢迎的传教士，让人感谢的精神导师，从中产到上流社会的年轻人寻求的、极受欢迎的坚信礼教师。在妹妹 16 岁生日时，尤斯塔给她的祝福表明，宗教在他们共同的世界观里有多重要。他祝愿她很快就有一个真正的、活着的对上帝的敬畏！这显然也是尤斯塔的妇女观的基础。信件其余部分，他总结了对安·夏洛特的展望。愿她保有健康，愿她在勤奋的家务中成长。首要的是，当两个人共同生活时，她必须有必要的天分。就是说，他想象，她将来可以做他的管家。

安·夏洛特在 1866 年五旬节接受了坚信礼。和罗斯列博的联系对她十分重要。这个牧师有自由派的神学立场，不太强调路德的教理问答集，而强调个人对上帝的信仰。在学习《圣经》的基础上，他强调对罪的意识和作为恩典礼物的救赎的重要性。这是接近一个想象丰富、情感强大的坚信礼候选人的态度。这些在一个未发表的、1866 年书写的题为《一场梦》的故事里有所反映。

故事给出了一个相当老套的，关于在宽阔和狭窄道路间选择的描写。但它把对光明、清晰、正义、和平心灵和幸福的渴望表达得十分感人。这是女作家一生将背负的渴望。宽阔的路匹配于她生长的以及后来和嫁入的传统布尔乔亚生活环境；狭窄的路是她需要的，是借助艺术活动和私人生活去接近她感知的真和美。

　　这一时期，神学问题是日常辩论的主题。此外，安·夏洛特和塞克拉经常详细讨论不同的宗教问题。这种探讨的严肃和强度令人印象深刻。坚信礼两年半后，她们有个关于神圣精神和魔鬼的关系的讨论。安·夏洛特承认，要相信魔鬼是一个人，走起路来像头吼叫的狮子很是困难。最后，她坦承，一切对她而言都是疑问和不确定。她的宗教信仰衰减，但保持为她个人性格的基调，给她一个伦理和道德的基础——当她向远处追寻时，可以从这里出发。

　　教堂有助于把安·夏洛特定型为她周围的人所期待的温顺女子。模式包括放弃观剧。她说服自己，去剧院有罪。取而代之，她有规律地和父母熟人圈内的同龄人结伴去教堂。在那里，她开始迷上赞美诗。她也迷上了那些最激动人心的牧师们，有时读来像是描述如今的流行歌手。她的偶像之一是诺比牧师。她不知道还有什么乐趣可与听这个人布道相匹敌。"我真觉得自己是爱上他了"，她向塞克拉坦白。她 18 岁，梦想成为一名传教士或乡村牧师的妻子。

　　礼拜天是她最喜爱的日子，她在同一封信中继续写道。

这一天她可以先在上午聆听一个好牧师宣讲，下午有主日学校。她甚至有了工作愿望。有好几年，她和其他几位姑娘一起，参与了对教区贫穷孩子的宗教教育。她很喜欢和这些孩子的联系，对自己的工作十分认真。

那时，瑞典发生饥馑，连续几年都没有收成。1868 年，八万人被迫从农村移民到美国。即便是城市也有严重的饥荒，许多有社会责任感的人带头投身于救助工作。1867 年圣诞，安·夏洛特带着圣诞礼物和糖果探访了一户穷困的邻居。这家的父亲和母亲和他们的小孩一起唱宗教歌曲，她把这些情形告诉了塞克拉。从中，我们能觉察她后来的社会和政治担当的种子。不过那时，她更感兴趣的是灵魂的而不是身体的拯救。

一种等待的状态

在 1875 年给哥哥尤斯塔的信中，女作家写下了当时她具有的对少女时代的清晰认识，她遗憾自己在那个阶段是那么不幸地支离破碎。她把一切归咎于传统的威力，指出男子从童年就意识到须投身于某种特殊召唤，整个青春期都须为此而准备。而一个女孩除了听说自己得穿得美美的，表现得愉悦，以便得到一个男人，就根本没听说有任何别的事务。她表示，虽然家里没有明说，但一切都在空气里。从 16 岁起，她这个年轻女子就被剥夺了做任何工作的欲望。她的生活成了一种"等待状态"，没别的目标——除了嫁人。

对这段陈述，古斯塔娃·莱芙勒后来做了反驳，她列出安·夏洛特·莱芙勒自离开瓦林斯卡学校后消磨时间的各种事。包括在一间女子学校和主日学校教些语言课，也包括自己上法语、英语和绘画课。对父亲来说，开销肯定是昂贵的，但这些算不上什么职业训练。母亲承认，自己和丈夫积极阻止了女儿去接受正规教师的培训。父母认为，在斯德哥尔摩新开设的那个课程，要求很高，上学压力很大。我们不知道安·夏洛特自己在师范课程的事上是怎么想的，以及她是否被问到过，但教师这条路显然不是她最热切的梦。不过几年的师范课程本可给她一种她自认十分缺乏的知识上的自信。"我没得到过什么真正的教育，没有实在的知识——我太浅薄了。" 19 岁的她曾这么对塞克拉哀叹。

甚至塞克拉·霍德贝里也被父母阻止去斯德哥尔摩接受教师培训。她对此很后悔，因为那些有知识的人始终会有出路。但她认为，最糟糕的是，自己生在错误的时代。一百年后，她或许能成为一名物理学家，现在却只能让自己做一名妻子。这是个人的悲剧，也是瑞典科学界的悲剧，这么聪慧的女子被时代敌视女性的传统和法规阻挡，无法施展她的才华。

高等教育对妇女开放不过晚了几年，没能让安·夏洛特·莱芙勒及塞克拉·霍德贝里遇上。与此同时，莱芙勒兄弟却在乌普莎拉准备追求学术事业。弗瑞兹攻读语言学。后来成为数学家的尤斯塔则于1871年毕业，拿到了学位，他的学习涵盖数学、实验哲学、拉丁文、物理和机械、理论物理和天文学。

　　夏天，莱芙勒一家在海边度假。那时，有不少年轻人，也有许多的调情。这些让人向往的对常规生活的打破给了安·夏洛特在大自然中活动的机会。她喜欢森林中的散步，也喜欢勇猛的航海。

　　这一年余下的日子，她多数是和父母的朋友及熟人来往。不少年轻人来拜访莱芙勒家，她也参加了一些圣诞期间的舞会。这并不是什么她憧憬的。但她或许利用这些作为对社会的一种观察？慢慢地，她会作为作家将她的印象开发出来。

　　安·夏洛特的婚姻问题是家里一再出现、半开玩笑的暗示。15岁时她对哥哥尤斯塔在其职责成为现实之前的关心表示过感谢。她意识到，10月1日的生日后，她成了根据法规可以结婚的人。长兄尤斯塔和父亲一样，可以对婚姻表示认可。另外，她显然期望从哥哥们那里得到一个积极有效的帮助。三年后，她给尤斯塔写信，假如他在乌普莎拉的学者里给妹妹找合适的丈夫，他得选一个成熟男人，而不是什么有待生长的嫩芽。如今，她已开始老了，她写道。那时，她刚满 19 岁。这番言论暗示了对年轻女子年龄的、无情而固定的看法，17 岁就已被认为是花儿开过了头。

安·夏洛特也知道自己不符合当时少女的理想模式，不是玩偶一样甜美的、水灵灵的圣洁少女。在 18 岁生日前，她暗示，在表面的冷漠、阴沉的举止下，自己有温和的发自内心的情感。对她来说，外表是敏感的问题。在给尤斯塔的一封信中，她为自己的肉鼻子辩护：图片上所有的天使都有肉鼻子！另一次，她告诉塞克拉，自己的额头很亮，因为经常用汞软膏。当她说自己丑陋、讨厌、微不足道、可鄙时，莱芙勒小姐肯定不过是自嘲，但她的朋友们同意，她确实不是什么美女。"你没有那些少数的特例拥有的价值，也就是说财富和美貌。"塞克拉于 1868 年 1 月带着残忍的坦率这么写，还附加一句："更稳妥、更好的出路是结婚。"一周之后，安·夏洛特决定永不结婚。但她必须有事可做，以便让自己幸福。她做此决定完全出于自我保护。她相信，一个年轻女子将结婚作为整个人生目标是很不幸的，并且，去等一个永远不出现的求婚者是一种羞辱。

写作的渴望

一个想写小说的女人必须有钱和一个自己的房间——弗吉尼亚·伍尔夫在她著名的分析中这样提及成为女作家

的条件。安·夏洛特·莱芙勒是在30岁时第一次得到了一个自己的房间。很久之后，她透露，当自己是小女孩时，她只能梦想它，作为最大的天赐之福。在众多分散事务的裂隙中，她还是找到了做那个对她而言最为重要的事情的空间。"我如今在做什么呢？写，写，写，没别的，除了写那些废话，你知道的。"1868年12月，她对塞克拉坦承，那些废话是她的小说工程《弗塞特拉牧师宅邸》，占用了她好几年的时间。虽然这对她非常重要，她还是需要道歉。

她想象了一个绅士庄园里的小说。主要人物的原型是在塞克拉和她一家的基础上塑造的，很容易地加了些变化。榛树岛被称为玫瑰林，在邻近的地方，加了座想象中的怪诞城堡，那里住了一个阴郁的隐士。一点装饰性的现实主义外加一个有些晦暗的恐怖浪漫。灵感似乎来了又走。在一封信里，她抱怨还没写过七章。但当她有时获取了灵感，那就好像是油在往外流淌。

整整一年之后，她说她还和小说一起过着开心的生活，让小说和她所有的想法一起增长。甚至在教堂，她也忍不住会想这事。这段时间，她似乎完全沉浸在有关自己未来的宗教遐思、文学幻想和模糊概念的混合体中。现在，她把小说重点移到了一座牧师宅邸，想象一位乡间牧师夫人的将来。她完全生活在自己的想法和幻想里，几乎变得对所有的外部世界相当冷淡，她承认也表达了当她自由地乘着想象的翅膀高高漂浮于物质主义之上时，她是多么迷醉而快乐。

尽管如此，她不希望看到自己的书写是做白日梦或消磨时光。她对塞克拉强调，自己对写作是很认真的。她确信这本书会出版，敢于大声说出自己将来的计划。她抱着极大的期待，相信自己将来会成为一名作家。她最大的愿望是将生命奉献给艺术。能给自己的生命一个目标，这是多么好啊！她宣称，自己不会像其他的那么多年轻女性那样过一种无意义的、空洞而无目标的生活！

1868 年 9 月塞克拉被允许阅读完稿的小说。这个时候，塞克拉已是一位严厉的批评者，并且她没被打动。塞克拉对安·夏洛特抱怨说，作者对其挑选的环境了解太少，缺乏真正的想象力，而且，她是在一个平淡的层面上打转。

作者极力为自己辩护。自童年起，她就对研究所碰到的人很感兴趣了。就她的年龄而言，她读得不算少。她有不同寻常的丰富想象力，她不明白为何她写的不能显得真实。在这一点上，是可以同意安·夏洛特，塞克拉到底指的是什么并不清楚。但有趣的是，这两个年轻女子试图在这个问题上有她们的立场，而这是当时整个欧洲文学的核心问题，也就是说，如何塑造一个艺术上有效的，对"真实"的描述。

在《弗塞特拉牧师宅邸》中，读者遇到一位新婚的牧师太太，在小说的发展过程中，她被自己进入的角色所塑造；同时，她那无法触及的丈夫最终被迫打开了他的男性盔甲。这对夫妻周围有几个年轻的未婚男女以及几对做父母的。主题是爱的捉摸不定的道路，一个美好婚姻的设计以及一个真正的女人该如何被塑造。为描绘女性的弱点，作者使用了所有可能的保留剧目：私奔的女儿、私生子、破屋里的老母亲、危险的分娩、死床前的告别、混乱，当然，还有不忠实的男人。

这故事给人的印象是，做了一个对当时瑞典小说的总结。你会同意塞克拉，角色是扁平的，情节由松散地凑在一起的情境构成。这是一个天才初学者的作品。甚至大哥尤斯塔也提出了批评。在一个保存下来的手稿上，可看到无数红笔标上的印记，显示了他否定的反应。未来的作家对此一定难以承受。尤斯塔认为，艺术只能由那些伟大的天才来实践，那些最突出的人才。他很难对自己的妹妹有那样的预见。

弗吉尼亚·伍尔夫指出，妇女写作的外部障碍实在难以穿透，但内部的、心理的障碍更要命。缺少兴趣常常使男作家难以忍受。妇女遇到的敌对则更糟糕、更深入。也许这是安·夏洛特·莱芙勒让这份手稿留存在世上的原因之一。尽管有对塞克拉批评的充满能量的回应，她可能已吸收了比她希望假装的更多的意见。在骄傲的公鸡一样的外表下，她是脆弱的、不确定的。

我们不了解1868年的圣诞，安·夏洛特·莱芙勒一家到底有过什么关于写作的议论。我们确实知道的是，父亲决定给女儿的三个故事作一个定位。他是明智的，也是慷慨的。同时他对女儿写作欲望的鼓励，让她能有必要的专心，这对她的继续发展至关重要。她把《弗塞特拉牧师宅邸》暂且搁置一边，取而代之，先忙小故事，带着出版的目的。书叫作《偶然》，印了五百本，在 1869 年匿名出版了。作者的身份被包在一个大大的秘密里，即便在家庭内部及最亲密的朋友圈中也是。有关自己名字的问题成了安·夏洛特·莱芙勒的难题。

书中前两个故事是随意写下、无足轻重的琐事。《我》是其中最长的一篇，是人人都会注意到的。在这里，我们遇到一位确实智慧也勤奋的人，然而这人对他人的情感及需要毫无知觉。作者在他周围构筑了一出心理恐怖剧，写了这男人的四个年龄段，写外婆和爱妻是他的无感的最初牺牲品。他自己是那最后一个。

一位评论者赞扬了人物描写，继而在作者头上友好地敲了敲：作者有可能慢慢写出真正有价值的短篇小说来。这个评论者也强调了主角和亨利克·易卜生的《培尔·金特》的相似性。大哥尤斯塔则对主角与自己一个朋友的相似性最感兴趣。很可能作者对培尔·金特的个性感兴趣，在她认识的男人身上见到过培尔·金特的一些特征，据此，她创作了自己故事的主人公。这正是她后来会在写作中发展的那种现实主义。

安·夏洛特对来自不同方向的文学冲击力不断开放。

就像在《弗塞特拉牧师宅邸》里表现的，她对这一时期最被广泛阅读的小说很熟悉，特别是那些瑞典女作家的作品。其他的冲击力从挪威袭来，特别是比约恩彻纳·比昂松和亨利克·易卜生的戏剧吸引和挑战着她。她那宗教性的，对戏剧的抵抗开始削减。一出《哈姆雷特》的演出让她确信，伟大的戏剧是上帝给人类最美的礼品。她意识到舞台呈现可以那么有感染力，觉得这会是对社会现象的有效评论。是这个时候，她开始在戏剧创作上起步。

1871 年 4 月，安·夏洛特·莱芙勒写信告诉塞克拉：假如我能给舞台写出点什么有用的，我会很高兴。她开始秘密构筑一个小小的戏剧速写。她觉得基本构想不错，假如能像自己考虑的那样写出来，会戏剧性地生动。可能她指的是《一个阴谋》，那是那一时期创作的两出独幕戏中的一个。另一个叫《生日礼物》。两出戏都清晰显示了她在戏剧结构上的天赋。都是轻松写来，但都筑构在一个具体、潜在、燃烧的家庭冲突中。角色和他们的关系都被清晰地定义，也都充满能量。能察觉出，这贴近作者本人的体验。在《一个阴谋》中，她表现了哥哥们作为她的监护人的烦忧，也描写了一个坏脾气的年轻女子。在《生日礼物》中构筑了一个私人豪宅，莱芙勒一家曾在夏天在那里待过几周。故事的主角是个数学教授，过于分心，以致忘了妻子的生日。表演让尤斯塔有机会取笑自己，就像安·夏洛特出演的是学校女生。这出戏给观众的印象深刻。也许这是一条可以继续走下去的路？

一个现实的人，不过，是正确的那一种

　　然而，她是要成为作家吗？职业作家？这是她的梦想——可也是她的恐惧。试想，假如她不够好呢？另一个选择就是结婚。那个如今作为向安·夏洛特·莱芙勒献殷勤的骑士出现的男人，并不认为她能当什么作家。古斯塔夫·埃德格伦觉得，《偶然》是他要尽力忽略的尴尬。她大概没告诉他，自己在戏剧创作方面的努力。她的写作欲望会成为他们关系中的一块绊脚石。许多年后，她将承认他在她自己作为作家发展道路上的阻碍作用。订婚期间，她就有了不祥的预感。可她为何还是要做埃德格伦太太呢？这是一个爱的问题还是一个出于实际的安排？

　　在古斯塔夫·埃德格伦给最亲近的朋友路德维格·安奈斯泰特的信中，他表示，自己被安·夏洛特迷住了。这个漂亮女孩病了，康复期很喜欢他的陪伴；要是有和她独处的机会，他简直就可以求婚了。他觉得，女孩的双亲似乎没什么不乐意。相反，古斯塔夫的父母很是踌躇。母亲顾虑这个被看中的未婚妻候选人太有知识，穿得也太好，不像个能做家务的。父亲则绝对希望儿子能娶上一个更有钱的姑娘。但古斯塔夫已下定决心。1870年5月3日，安·夏洛特·莱

芙勒在日记中记录，他向她求婚了。第二天，安·夏洛特的哥哥尤斯塔把妹妹的回答带给埃德格伦。33岁的古斯塔夫·埃德格伦依然和父母住在一起。下午，安·夏洛特对埃德格伦家做了拜访。整个过程是仪式性的、悄悄的。同年9月16日宣布订婚。这是古斯塔夫父母的结婚纪念日，也是他母亲的生日。这么定可能是要安抚未来的公婆。

起初，安·夏洛特对这位比自己大了12岁的律师还是比较喜欢的。然而，在给塞克拉的信中，她展开了一串和订婚有关的雄辩，你会觉得奇怪，她究竟是要说服谁呢——是塞克拉还是她自己？在第一封信中她胜利地高呼，自己订婚了。他是地方法庭的首席法官古斯塔夫·埃德格伦。接着是对未婚夫的家世背景和社会地位的详细说明。父亲是一名医生，母亲是教授和教区牧师的女儿，也是古斯塔娃·莱芙勒儿时的朋友。这对夫妻十分恩爱，有个非常稳固而美好、既有品位也很富裕的家。古斯塔夫自己被警察机关雇佣，上司很欣赏他。

作为一个特别优点，安·夏洛特提到古斯塔夫·埃德格伦是名童男。她在主日学校教课的某个星期天，他抓住机会告诉她的母亲，自己还从未拥抱过一个姑娘！一个贞洁的求婚者自然在卫生方面是个额外优惠，因为那时，男性的滥交是个严重的社会问题。不止一位很道德的布尔乔亚妇女被她们的丈夫感染上梅毒。然而，她或者毋宁说是她的母亲觉得古斯塔夫·埃德格伦的缺少经验总有些不祥。

日后发现，他是阳痿，他们的婚姻从不完整。不过，在订婚期间，他拥抱和亲吻未婚妻，好让她开心而满足。关于古斯塔夫的长相，安·夏洛特对那些说古斯塔夫难看的朋友采取了明确的抵御和辩护姿态。他的脸确实太胖，可轮廓并不丑。他身材瘦削，手很迷人，手形漂亮，他的肤色相当淡，可他看上去并没什么异样。

然而她爱古斯塔夫·埃德格伦吗？在订婚后给塞克拉的第一封信中，她强调的是他对自己的迷恋。现在她是他的一切，他全部的生命和乐趣。她难以理解，自己怎么就成了这样一种爱恋的对象。至于她本人的感情，至少是模糊不清的。她对塞克拉承认，她在古斯塔夫身上从未找到足够的爱，但她将之归咎于他外在的拘谨个性。她和塞克拉都明白，没有爱的婚姻永不会幸福。而她和古斯塔夫·埃德格伦的婚姻还真不是利益婚姻！她把感受到的喜欢理解为爱。1872 年 11 月 16 日，在举行婚礼前的一个月，她对塞克拉描述了自己憧憬的婚姻理念：

> 想一想，爱之中的婚姻会带来怎样的幸福。两个人就好像融合在一起，一个人的天性融入另一个人的，所有的兴趣都相同，他们中的任何一个都没有什么想法是不能和另一个分享的。

这里她形成了自己终生固守的，幸福的共同生活的图景。这要拖延很久才能实现。很难理解，在和古斯塔夫·埃德格伦订婚两年半后，她怎么还能想象他俩的婚姻会是如此。

刚成为未婚妻的安·夏洛特形容未婚夫有不同寻常的机智，观点很审美。但他不是个有梦想的或令人惊叹的人。他是"现实的，正确的那一种现实的人"，她说。她指的到底是什么，不确定。也许她觉得古斯塔夫有她需要的稳定。她承认，他可能是有点被惯坏了，作为充满爱心的父母的独子，他从不需要忍受任何困乏或试练，他是有点专制，可他心肠好。她相信，他的专制不会有多大危险。

很清楚，古斯塔夫·埃德格伦是友善而体贴的人，但一旦涉及工作及自己脆弱的健康，他就会在无意识中只顾自己。他对未婚妻的关心和他的控制欲有关。安·夏洛特的写作欲望是个不断再现的烦恼。对塞克拉，她谈论了这导致的许多冲突。订婚半年后，古斯塔夫·埃德格伦读了她写的《偶然》，评价苛刻得让人震惊。安·夏洛特悄悄告诉塞克拉：这是我听到的最严厉的诅咒和谴责。古斯塔夫完全看不到她的天分，无条件地希望她抛弃创作，顶多给报纸写写文章，做点翻译。

在情绪化的冲动之后，古斯塔夫表示，假如她真有一个使命，他不会挡住她的发展。他不是能支持她的艺术天赋的男人。他建议取消订婚。他让她自由，在余生里保存四天，那四天里，他有过完美的愉悦。他臭名昭著的辩论在于质疑安·夏洛特当作家的自信,劝她做一个女人。她则劝自己,一个毁掉的订婚会将他的心撕碎,毁了他的半生。也就是说,这是个关于他的而不是她的感情的问题。她投降了,写信对塞克拉表示,他俩非常般配,一定会不同寻常地幸福。

在很长一段时间里,她的写作将会是个含糊不清的事。这没影响到订婚者。然而,在一次黄昏的亲密交谈中,古斯塔夫感叹,自己对于她打消了写作念头一事,实在是太开心了。她回答,事情并非如此。他打断她:"别说了,我什么也不想听!一想到这个我都快疯了;变得像个神经质的女人。"安·夏洛特让他的头靠在自己胸前,听见他突然变得猛烈的心跳。安·夏洛特告诉了塞克拉这一切,并且说,他大概不能忍受这个对手。

安·夏洛特也明白,一个写作的女子在布尔乔亚圈内的微妙处境。然而她还没准备好完全地放弃写作。感觉来时,她会动笔。但她也考虑到,自己的禀赋会因新的职责和兴趣,甚至还有丈夫持续的抵制而窒息。她打算在这事上完全被动。假如自己并没有一个"真正的使命",写作热情就会消退。否则,她就打算冲破所有的障碍,她也不信丈夫会因此而不幸。这里,我们能觉察到她的剧作《女演员》中所表现的冲突的种子。

1872 年 11 月 16 日,安·夏洛特·莱芙勒和古斯塔夫·埃德格伦结婚。混杂着恐惧和自信,她走进了这个婚姻。这意味着，首先，她是得到供养的。这并非无关紧要——她父亲长期患病，家庭财政出了问题，她又没受过任何职业培训。现在她将有个实际的生活，按习俗会照管家务，有稳固的社会地位和社交责任。她不想完全让写作走开。但母亲角色的屋景代替了那艰巨的作家事业。

同时，这个布尔乔亚框架阻碍了她的艺术发展。在这个圈子里，我们看到，妇女在公共场合抛头露面是不体面的。在一个短时间里，她让自己确信，古斯塔夫·埃德格伦挽救了她，使她免于沦为平庸又被人藐视的"蓝袜子"。没错，她写作不是为了谋生，但存在这么个危险——她对为赚钱的写作会很不满意。安全的提供也给她逃离的机会，可以把全身心投给写作。

古斯塔夫·埃德格伦——安·夏洛特·莱芙勒选择的生活伴侣，是一位谨慎的人。能感觉到，他是那个时代瑞典政府官员的理想类型：勤勉、负责、忠实、保守，很在意事事符合常规。在私人生活领域，他低调，有同情心，充满对如今成为他妻子的这个女人略微畏惧的崇拜。他为何选她？他只看到这个举止得体的布尔乔亚年轻女子，她的智识和所受到的常识教育在社交中有用吗？她的艺术天分和勇敢的好奇让他害怕。可他以为自己能控制她。在这一点上他错了。十六年的婚姻对这对配偶来说都将是一场旷日持久的心理拔河。

第三章

在日常生活和艺术之间：1873—1876 年

无法形容的快乐

就这样，她终于成了埃德格伦太太。她被拯救于未婚女性不得不面对的不确定且往往深感羞辱的状况。她再不用担心自己的写作才能是否会引领她走向成功。她在婚礼前几周写信给表姐妹阿芒达，她感觉到无法言说的幸福，对蕴含着巨大确信的未来的新生活充满期待。她设想家庭会壮大，因为他们怎么能没有孩子呢。她暂时把写作丢在了一边。但她知道它就在某个隐藏的角落，以便一等到最早的合适的机会，就会将它提到光亮之处。

1872 年秋，她完全进入了埃德格伦夫人的角色。婚礼前夕，她向阿芒达详细描述了自己将来的家。她听起来像一个终于可按自己的心思给玩具屋添家具的快乐女孩。这是斯德哥尔摩中心一幢新造的建筑。她家在三楼，有五个房间和一个厨房。她觉得房间很明亮、喜气。如今的人看了或许有不同看法。客厅墙纸是棕色和金色，还有棕色和白色的窗帘及笨重的橡木家具。起居室用的确实是带金色图案的浅灰墙纸，但因为有安·夏洛特的写字台、缝纫台、一个书柜、两只沙发、一台架子和一张圆桌，看起来真是满满的。她在这里做事，古斯塔夫则有摆着写字台的私人书房。她那梦想过的"自己的房间"看不到。多数家具是旧的或是古董，有些从公婆那儿得来。新婚夫妇的家现在充满了必需品，比如一个带盖子的玻璃盒，一盏镍银的盘子，一只有刺绣装饰的凳子，一个有着可放糖果的底座的花瓶。这正是当时典型的布尔乔亚风格的家，是新婚夫妇及他们的亲友喜欢的。

安·夏洛特也对阿芒达描述了自己和古斯塔夫的单调生活。每天早晨，她把去上班的古斯塔夫送到路边。四点，他们一起吃晚饭，说些闲话。晚上余下的时间在古斯塔夫的房间度过，他忙他的工作，她则坐在旁边的一张摇椅上，捧一本书或是做点活。这正是她以前反对过的模式。无可否认，她表现为一个特别满足又循规蹈矩的年轻女子。几个月后，她却不再是那么毫不挑剔地满意了。古斯塔夫一直在家工作。不过当他坐在自己桌边时，她没法到另一个房间写信。他觉得她不坐在自己身边就太扫兴了。他相信，她自己那些事，完全能在早上处理掉。

表面上，埃德格伦夫妇的生活像她决心的那样，一开头过得平静和谐。来往只限于父母、最近的亲戚和少数几个朋友。这种隔绝的另一重要原因是，夫妇俩都时常生病。古斯塔夫自打结婚后身体就很虚弱，这从根本上影响了他们的共同生活。他总体上的脆弱引起潜在的毛病，就是说，使得他们的婚姻没有孩子。而她牙齿有问题，还总犯恶心。她尝试了各种饮食疗法甚至温泉疗法，结果发现那也并不能把肠胃调理顺畅。这是此后她在一生中不得不共处的毛病。

第一个夏天，她在斯德哥尔摩的多岛海度过。最精彩的要算一次野餐，那是古斯塔娃·莱芙勒给她的孩子们准备的。所有的人都很开心，草地上铺开毯子，大家坐在上面吃喝。安·夏洛特非常享受和小狗提姆的户外生活，它是家庭的新成员。有一天，她让自己和小狗单独在小船上待了整整一上午：有时划那么几下，有时让船漂在水面，躺下读一会儿书。在日记里，她抱怨道，自己自然是愿和古斯塔夫更多地待在一起。但他被严苛的义务困在斯德哥尔摩，而她为了健康留在乡下。

她回到斯德哥尔摩后，古斯塔夫请她乘蒸汽船进行周末小旅行。晚上，他们一起读诗。古斯塔夫确实为新婚的妻子竭尽全力。可他总这么辛苦工作到底是想躲避什么呢？没错，夫妻两个都可以将他过度的勤勉工作解释成是为了两人共同的利益。然而，实际上，他是不是一个能力不足以应对自己及周围环境强加于他的要求的人呢？他是否从有才华的莱芙勒兄弟那儿受到压力？我们是否也可猜测，一个不能让太太怀孕的男人会深感挫折？

无论如何，新婚的埃德格伦太太决心保护对丈夫的喜爱。在结婚一周年纪念日也就是1873年11月16日，她全心全意地感谢上帝带给她即将逝去的这快乐的一年。假如她对孩子的最真切的期盼能被满足，她和古斯塔夫可就太幸福了。

然而很显然，她好比做了一明一暗的两个账本。婚前，她随便挥手摆脱的有关写作的冲突变成了紧急的事。看到这一切的古斯塔娃非常担心女儿的婚姻。这到底是发生了什么？

2月14日，安·夏洛特·莱芙勒在日记中写到，她给来斯德哥尔摩拜访的塞克拉·霍德贝里读了新写的剧本《女演员》，是她花了十四天写出的。她对此比对以前的其他任何作品都要满意。第二天，她叫娘家领养的15岁的弟弟维克多·劳伦把剧本送给皇家剧院经理。她在日记上记录，古斯塔夫不想听这些，但她自己十分乐观。

两星期过去了，剧院管理人员在《斯德哥尔摩日报》上登出一则广告，请剧本《女演员》的作者把地址留给剧院秘书处。这当然不行。安·夏洛特和古斯塔夫达成共识，她必须极力保持匿名，在信件来往和剧本修改过程中藏猫猫。她得到了朋友们的帮助。剧院想对剧本做些小改动。作者很乐意，她因为剧本将要上演欣喜若狂。现在，突然间，她真是一名作家了。

首演是在1873年12月18日星期四。古斯塔夫·埃德格伦抱怨自己有紧迫任务，没空跟来，所以安·夏洛特和从乌普莎拉赶来的二哥弗瑞兹一起去观看。她对演员非常满意。主角是剧院首席女星艾莉西·瓦瑟。即便那些小角色也都是好演员。演出很成功。观众热烈鼓掌，欢呼作者。剧院管理人员解释说，还不知道作者是谁。安·夏洛特坐在自己的位置上，脸上一会儿苍白一会儿通红，没人想得到作者会是她。整个春天，人们都在猜测，《女演员》的作者到底会是谁呢。

24岁，有良好教养而克制的埃德格伦太太怎会突然写了一出剧本，且被全国最出色的舞台皇家剧院接受并得到好评？她是从哪里得到的动力？到1873年为止，她总共不过看了五到六部戏。她又怎么会这么勇敢，想到把剧本给剧院经理？哥哥尤斯塔或许是其中的原因。她结婚一个月后，尤斯塔带她去看《罗密欧与朱丽叶》。艾莉西·瓦瑟主演。在日记中，她写道：

> 华美！莎士比亚在一个新的光亮中被解释了，于是你能在舞台上得见他。面对这样一个耀眼的天才是一种奇怪的感觉。瓦瑟夫人棒极了！古斯塔夫坐在家

里，埋头工作。

此前的一场莎士比亚戏剧也把她迷住了。早先她有些排斥表演艺术。可现在，她相信表演艺术和其他艺术实践是同等的。为何做一名演员就比做一名画家、作家、雕塑家、音乐家更不对呢？她对阿芒达说，每一个艺术家对于把生活理想化、让我们的感知提高、使我们的心灵高贵有着同样的任务。她看过的法国现代喜剧，以及主导了剧院的保留节目的作品中，那些轻佻和浅薄的调子让她沮丧。反之，比约恩斯彻纳·比昂松和亨利克·易卜生的作品正好供她学习。

《女演员》是一出表面轻松、底调阴沉的双幕剧。女演员伊斯特·拉尔松被介绍到刚与自己订婚的未婚夫的布尔乔亚家庭里。她的职业和非传统的举止给这看来死板的家庭带来了混乱。效果就像是一只鹰袭击了无风的森林湖泊里的一窝鸭——一个剧评这么写道。未来的公公和两个小儿子很喜欢。未来的婆婆及大女儿却很不舒服。未婚夫动摇了。伊斯特深爱未婚夫，但她清楚，要统一妻子角色和她不能放弃的职业是多么不可能。她解除婚约离开，以便继续在剧院的工作。

就是说，这是一个有艺术禀赋的年轻女子处在自己的天分被窒息的威胁下的情形。女作家常常令人吃惊地说出她的个人难题，剧作有切身体验的强度。同时，它揭露了作为家长制家庭基础的权力结构。难怪观众会有强烈反响。

很容易理解，安·夏洛特被艾丽西·瓦瑟的出色所感染。瓦瑟是皇家剧院的首席女明星，靠坚强的个人性格、绝对的艺术天赋和高度的职业要求，她树立了自己被崇拜的地位。她基本靠自己理解角色，因为剧院缺少有力的导演。她被人们用鲜花、贵重的珠宝、月桂花冠和奖章来欢呼庆祝。她的年薪是一个斯德哥尔摩医生的六倍。对于如此痛苦地意识到艺术工作和传统女性气质间的对立的新妇埃德格伦太太来说，艾丽西·瓦瑟一定是个闪光的楷模。女演员仅仅因为她的职业就会自动在保守的圈子获得一个可疑的名声，这也促成了安·夏洛特对瓦瑟的崇拜。

剧院经理把《女演员》这出戏的女主角分给瓦瑟是明智的。毫无疑问，她的主演增加了人们对这出新剧的事前兴趣。她也对保障表演的力度和动态以及在观众方面的成功有贡献。当这位卓越的女演员扮演伊斯特·拉尔松，人们不难想象，她其实是在演自己。崇拜她并跑到皇家剧院首场演出之夜的观众，自然不会和台上那个赶走她的狭隘家庭结成同盟，瓦瑟因此以一个适宜的方式加强了这出戏的基本主题。

《女演员》无论在公众还是评论界都获得了巨大成功。在两季里，这部戏演了 30 场。报酬相当于今天的 8500 美金。这可观的数目可能是导致古斯塔夫·埃德格伦终于开始扮演妻子代理人的原因。一些报纸的长文分析了这出戏，有些评论者比作者考虑得还要深。后来作者自己分析在当时情况下不同凡响的成功登台，她认为这出戏在两个方面是新的文学发展的预兆。在情节上，所要求的已不是流行的法国喜剧中所有的那种巧妙谜题，而是要求简单和自然。现在是人物的刻画和内部的冲突在左右戏剧的发展。戏剧将是个人的，紧迫的。

不过你会疑惑，那时她自己在多大程度上能理解自己的动机，她周围的人又如何阅读这个剧呢？公婆发现写出这一话题剧作的人是谁后十分震惊。那个目光锐利的塞克拉则在很早的阶段就看出，作者自己和伊斯特·拉尔松之间的联系。

在《女演员》里，安·夏洛特·莱芙勒让她的女主角解除了和她热爱并需要的男人的婚约。这个女人为了他，也为了艺术牺牲了爱。也许，分手是戏剧情节的一个有效结尾，也许，作者是为自己才把玩这个念头，以便把那份她从周边社会中感受到的压力表达出来。但她的日记没流露任何有关分开的想法。1874年元旦，她写道：为那快乐的过去的一年感谢上帝！愿上帝保佑这到来的新一年！

埃德格伦太太的秘密

人人都很好奇，但很少有人猜到埃德格伦太太的秘密。

有几次人们赞扬这出戏，她也在现场，她肯定是流露出了对表演的喜爱。显然这增强了她的艺术自信。然后，她再现于皇家剧院舞台还要等上将近三年。她成为剧作家后的这段时日，充满了介于艺术表达欲、高远抱负和不确定、挫折之间的张力。她通向公开的作家的道路漫长且艰辛。

表达欲的障碍存在于她周围，就在那个刚逐渐承认妇女是个完全的、多面的公民的社会里。当时的妇女如何被分配了多种角色，以及她们自己如何认同这些角色，十分令人吃惊。有关这些角色期待的编码刻在所有具备良好教养的中产或上流阶级妇女的心上。对已婚的埃德格伦太太来说，她被提供了一连串和家庭及私人空间相关的角色，如妻子、家务总管、女主人、朋友、母亲、女儿、妹妹和儿媳。它们像看不见的笼子一样作用着，有时重叠，有时竞争。它们会有很多要求，会阻碍道路，同时也建构了一个可依靠的安全框。假如她把这些完成得不错，就能得到周围的认可。

职业角色如话务员或教师，通过对女性独立的选择挑战着保守社会。公共角色如作家、艺术家、演员，则要求有更多的胆略、想象力、独立性，也包含更大的危险。对像安·夏洛特·莱芙勒这样的妇女来说，心理、情感和社会的解放之路要借助于对这些角色的自由探索和逐步改变的社会符号及当时教育和法规的互动。

发展上的某些束缚存在于她的个性里，她基本是严肃、负责、谦卑、敏感和周到的。其中一些特征，我们可以看出是被当时的宗教和妇女观灌输的传统妇德。然而，浏览作家死后公布的日记及通信，会觉得既感人且印象深刻。在这里，能看到一个富有才华的人积极而热烈地活在一个多样化的生存状态里，她竭力平衡自己的需要和各种强加于她身上的要求。有那么一种矛盾的力量，一方面她敏感也随机应变，同时，她也能保护自己的艺术眼力不受损伤。

一切都表明，安·夏洛特·莱芙勒有在家中创造好客氛围的显著能力，她快速进入女主人角色。几乎每天都有一个或更多客人出现在晚饭桌上。她对母亲轻描淡写地提起，一次，她提供了红酒、雪利酒、肉末、饼干、松鸡和果汁酱，这能在一定程度上说明这个家庭的水准。为家人和朋友准备的夜餐也越发常见。"说一个已婚妇女除了家务不能干别的事，只是空谈。"她得意扬扬地写信给表姐妹阿芒达。

和古斯塔夫·埃德格伦最亲密的朋友路德维格·安奈斯泰特的来往，可被理解为衡量这对夫妻社交技能的尺度，也是夫妻关系的良好平衡。埃德格伦夫妇结婚的第一年，安奈斯泰特就越来越多地出现在他们家里。他来吃晚饭，闲聊，一起消磨夜晚；他和这对夫妇一起去剧院；他也和古斯塔夫一起在火车站接安·夏洛特。1874 年夏天他们一起租房子度假。安·夏洛特常单独和安奈斯泰特一起散步，因为古斯塔夫很少能抽出空来。安奈斯泰特越来越喜欢她的陪伴。她认为，现在，他完全不是为了古斯塔夫，因为古斯塔夫几乎不和安奈斯泰特说话，就让安奈斯泰特和她坐在一边，自己却在房间工作。要是安奈斯泰特不那么可靠，她会以为他是爱上了自己。然而在 1876 年 8 月，安奈斯泰特令人吃惊地和他的表妹订婚。埃德格伦太太认为这是出于便利的婚姻，而她失去了自己殷勤的骑士。路德维格·安奈斯泰特此后将继续是埃德格伦夫妇和他们的朋友在许多困难时刻的可信赖的帮手。

甚至在和母亲的关系上也能感到和谐外表背后的张力。古斯塔娃·莱芙勒觉得孤独，她既担心两个儿子，也担心因抑郁症被看护着的丈夫。至于模范女儿，古斯塔娃试图让安·夏洛特弥补自己。女儿几乎每天去看母亲，把母亲的健康摆在自己的之上。要是古斯塔娃外出旅行，她们就通些热情洋溢的信，充满信息和感情的证明。通信中断会引起双方的焦虑和相互的攻击。她们的信件来往显示了一种既充满爱恋又神经质的纽带关系。这些会花费很多时间，对安·夏洛特的写作自然也是一种竞争力。安·夏洛特会对尤斯塔抱怨自己和母亲的辛苦关系。她似乎意识到自己和母亲连接得过于紧密，可又相当无助。甚至对兄弟们的关心也占据了她很多的时间和兴趣。

另一个问题是，安·夏洛特的胃病还是没好。1874 年夏，她在一家疗养中心待了一个月进行治疗。她写信给塞克拉，讲述各种仪式、娱乐及其他客人。可她也对母亲抱怨，休养完全无益，一点也不能滋养想象力和思想，只让她昏昏欲睡。很快胃病又犯了。她徒劳地用鸦片、亚麻籽和矿泉水试图治愈自己。

新近在疗养中心的停留，主要的意义在于她和一个向她献殷勤的律师的接触。他们每天在一起消磨时间，有严肃的交谈。他旅行时，她在日记中写道，她对他有最温暖的感情。后来，这个人成了短篇小说《露娜》以及剧作《艾尔芬》中一个诱人的男爵的原型。待在疗养中心开销很大，但似乎还是有成效的。很快，她就可以汇报母亲，她已有好几年没这么胖、这么红润过了。她不知道自己有病，而胃病将伴随她一生。

没孩子是另一个压力。在结婚两周年纪念日，也就是1874年11月16日，她写道，上帝没实现她巨大的、隐秘的期盼。她还是希望古斯塔夫的阳痿会好。可能她并没有和朋友及熟人谈起想要孩子的欲望，但也许这也不是什么秘密。就在1873年，她已在生日那天得到画着三个玩耍的孩子的书签。1874年圣诞节，她从公婆那里得到两张挂在卧室的画，一幅画了两个小女孩，另一幅画了两个小男孩。可以说，这些完全都不是什么委婉的暗示。

可能，作家身份的认定作为一个有意味的人生选择在她心里愈发成长。塞克拉使用的关于她的写作的字眼透露，对这两个好友来说，用写作代替生孩子的想法是存在的。创作《女演员》时，塞克拉写道："现在让我们看看，你生出个'足月儿！'"几个月后，她称这个剧本是安·夏洛特的第一个孩子。在另一封信中，她还谈到安·夏洛特每月的职责以及她最小的孩子——最新的剧作。

导师大哥

最主要是出于对官员古斯塔夫的声誉的考虑，安·夏洛特·莱芙勒作为作家必须保持匿名。公开真名会危害哥哥们的事业可能性——这也是考虑的一个方面。谈到和兄弟们的关系，至今，她都满足他们的有个忠诚、可爱、体贴的妹妹或姐姐的期望。她对他们的学习、事业和情感都很感兴趣。弟弟阿瑟是个工程师，和她的共同兴趣最少。弗瑞兹分享她在语言和文学上的兴趣，很早就卷入她的写作，如今正在乌普莎拉追求作为语言学家的事业。他和古斯塔娃以及塞克拉一起，构筑了一个混合的支持和审查的团队，强烈影响着她的创作。

不过，对她来说，在情感和智识上对她具有最重大意味的是大哥尤斯塔·米塔格-莱芙勒。他是兄弟中最有天分的，他将成为那个时代最突出、最有名的数学家。在回忆文字中，作家敏锐地分析过他俩关系的复杂性。

年轻的尤斯塔是个狂热的天才崇拜者，他深深地鄙视平庸的人。他自己有很大的抱负，不能忍受亲妹妹会是个平庸作家。从她这方面来说，她充满对大哥畏惧的崇拜，不惜一切代价希望得到他的认可。终其一生，尤斯塔带着关爱参与了妹妹的生活和文学活动。与此同时，他带着专制的、带有男性特征的主知主义打击着她脆弱的自信。

当安·夏洛特·莱芙勒的《女演员》被皇家剧院接受时，哥哥尤斯塔写来一封鼓励信。现在他意识到，她有从事艺术工作的可能。他承认，之前自己试图阻止她写作，是因为以为她不过有些通常会有的女人的手痒。这种把妇女的表达需求，降低为一些琐碎的麻烦的说法，在父权社会常被使用，以便把妇女留在自己的位置上。

然而在妹妹的剧本成功之后，尤斯塔已准备参与她的文学活动。1874年2月，她写了封详细的信，询问尤斯塔的意见和建议。她在不安全感和对宏伟将来的确信间摇摆。虽然《女演员》还远不是什么杰作，她相信自己很快能写出真正有价值的作品，甚至也可以参与引导瑞典爱国剧的繁荣。

可她该写点什么呢？浅薄的爱情故事她绝对不想碰。相反，她愿意选择具备大而深厚的想法的主题，也愿在一种严肃的爱国精神下工作。她相信，戏剧必须现代化，必须考察当代的紧迫问题。这方面，能感觉到她对比昂松和易卜生的钦佩。还有一点显而易见，她受到丹麦人乔治·布兰德斯的影响，他是当时斯堪的纳维亚处于领袖地位的批评家。据此她开始写后来的剧作《助理牧师》的草稿。她要描绘一名生理学家，他代表科学的现代方向，却要面对强烈的批评。

因为《助理牧师》和科学家有关，尤斯塔迫切地认为妹妹必须阅读了不起的男人们的传记。他相信，时代的那些最"伟大的男人"大多有相同的世界观，不管他们是科学家、政治家还是思想家。这大概是受过高等教育的人熟悉的论调。没受过教育的作家在尤斯塔眼里是个麻烦。安·夏洛特为自己辩护。她强调，他们的才华是不同的。她对真理的探求通过写作进行；在他宣称她浅薄之前，他得记住，丢开书本，直接研究人才是让她感兴趣的。

带着天真的好意，尤斯塔叫妹妹永远不要公开自己是个女人。他说艺术家和科学家没有性别，他们试图以中性来书写。观众不该在评定作品时还考虑到作者的性别。然而，尤斯塔的整个论述，还是基于当时固定的性别权力秩序。安·夏洛特过于驯良，不能公开反对大哥对她的女性视点及作为女性认定自己是作家的权利的疑问。她猜测，除了欧洲中产和上流阶级男性代表的视点，一定还有其他的有效视点，只是她还没法表述出来。那时，在男女之间划一条界限还不是她的主要问题。她更感兴趣的是，在尤斯塔这样一个典型的自然科学家的生活态度和她这样的艺术代表的生活态度之间的界限。

尽管有明显分歧，安·夏洛特和尤斯塔在灵魂上很接近，是这样的相似使得世上任何人都不可能比这个男人作她的同伴更好。1875年春，尤斯塔请她到柏林来看他，然后一起从德国旅行到瑞士，这让她喜出望外。尤斯塔的目的是拓宽妹妹的视野。他相信，一个女艺术家不先走过悲伤和试炼的学校就很难成熟。男人们通过丰富的生活经历在这方面有优越性。在西方，虽然不会像东方那样把女人关在铁锁和栏杆之后，但也是有其他办法把她们关在经验世界之外。

出国旅行前，埃德格伦太太自我感觉很不好，因为要把古斯塔夫独自留在斯德哥尔摩的家里为他俩工作。她还相信，所有的熟人都会认为她是个十分反常的妻子。但她还是愿意去旅行，因为她知道这将对自己的发展至关重要。她会带上《助理牧师》以便读给尤斯塔听。她期待听到大哥的观点。

安·夏洛特·莱芙勒在德国和瑞士的旅行超过了两个月，她在给妈妈和塞克拉的长信中描述她的旅行。从这些信里能看出她的报道才能。她生动地叙述和描绘了自己和德国精神、食物以及壮丽的阿尔卑斯风光的相遇。她的语言能力出色。此番旅程中，她自由地使用德语、英语和法语。她的社交技巧也很惊人。

在后来的好几部作品中，安·夏洛特·莱芙勒多次写到主人公——通常是个男人——会离开日常熟悉的环境，在出国旅行中寻求动力的故事。她看到国外旅行对她的兄弟们来说是多么重要，但可以肯定，这也是建筑在她自己的感觉之上，当她第一次可以从斯德哥尔摩固定化的生活中走开，去和崭新的人群、环境遭逢的时候，她感到了解脱。

在公共的打滑的小径上

然而安·夏洛特·莱芙勒的写作进展如何呢？尽管她有个呈现给哥哥的高远目标，真要启动却很难。1874 年春，她从尤斯塔那里得到了对《助理牧师》手稿的鼓励性回复。但她在接下来的信中告诉哥哥，写作停顿了，灵感消失了。现在她非但不能写，甚至都不能去想她的稿子。她抱怨道：有个要实施的想法却做不到，这种中间状态真是悲哀。那时，她感到对自己能力的极端不自信。她在艺术成就上的梦想仿佛是空空的幻象，报上那些"富于卓越才华的剧作家"之类的夸赞，对她来说似乎成了苦涩的嘲笑。怎么会是这样？

最主要的，似乎是意外被瞩目后的过度要求。外界对她寄予的期待让她紧张，这限制了她的发展而并非给她激励。此外是她强加于自身且被尤斯塔支持的对巨大精神业绩的要求。日常生活和家庭起到的则是合法借口的作用。

塞克拉是那个将要解救安·夏洛特·莱芙勒的人。塞克拉总是特别热心地卷入女友作为作家的发展中。她的观点尖锐，不过她起到的作用和沉重专制的尤斯塔正相反。在一封信中，塞克拉询问女友，是否能写写短剧，一出家人能表演的快乐小喜剧。也就是说，塞克拉要求的是轻松和无所求的，放下了声名考虑的作品。虽然家务影响了女作家计划中的大剧创作，她很快拿出了这出被期待的小喜剧，她称之为《拖鞋底下》。

外人看来，显然，这是她天分中可发展的一面，但她自己不愿这么看。这一时期，她给母亲写信，说假如她在这方面能行，那可真是古怪，因为她从不觉得自己有什么喜剧因子，而瑞典也还没有人在喜剧领域有什么建树。最主要的是，她总觉得喜剧比那些她视为一生之追求的东西要低。她给古斯塔夫、一个朋友，还有弟弟阿瑟念了这出戏，大家都觉得很有趣。在他们的催促下，她把剧本给了皇家剧院。被接受了。

让她高兴的是，人们觉得她十分现实。一种健康和真实的现实主义是她在艺术中最看重的，她觉得自己在这出戏里呈现了一种具有普遍意义的冲突，几乎来自所有人的体验。这一点，我们可以部分地认同她。许多人或许会认出，作为妹妹，在自己喜爱的哥哥回家来，并介绍新女友时感到的那份嫉妒。安·夏洛特·莱芙勒想必从自己对哥哥尤斯塔的崇拜中获取了灵感。也许，她对有一天他将选择的妻子感到焦虑。对话机智，情节以构造完好的不同场景推进，在那里，情感的冲突迅速加剧。

在创作《拖鞋底下》时，作家进入了灵感勃发的阶段。很快，她变得十分狂热，写作通宵达旦。现在的重头是她的严肃而摩登的戏剧《助理牧师》。主角，她按尤斯塔的样子来塑造。如今，她知道如何设计自己的戏。她觉得，写《女演员》主要是因为偶然。打那以后，她回顾了一番，把自己放在戏剧的要求中考察，她感觉，自己已成长为一名剧作家。1875 年 3 月，她把《助理牧师》寄给皇家剧院。数月后，这部戏也被初步接受了。

《助理牧师》这出戏，建筑在传统宗教和自然科学间日益升温的矛盾的基础上，而这一矛盾是对查尔斯·达尔文1859 年出版的《物种起源》的反应。剧本描述了作为学生和牧师儿子的尼尔斯·爱华德，在神学研究和生理学研究间犹豫蹒跚的困境。作为生理学研究者，他认为自己有可能探看上帝的秘密，掀开掩盖着上帝之真理的面纱。他想把真理传达给人类。

这出戏表明，作家增强了对戏剧技巧的认识，能感觉到，她写得既充满灵感也十分仔细。除了少数例外，对话流畅而现实。情节由短而有效的场景构成，能让人饶有兴致地跟踪人物的发展。可惜尼尔斯是个相当苍白的形象，降低了事件发展的动力。他明显有哥哥尤斯塔的特征。同时，也能感到，尼尔斯携带着她自己的，在职责和召唤间的难以决断。

在黑暗的时刻，她越发感到古斯塔夫·埃德格伦太太的角色和日益生长的作家自我认知间的挤压。她到底是谁呢？是前途有望的官员的有教养且寡言得体的太太，是女儿、妹妹、主妇、女主人和女友，还是说，她首先且最重要的，是一名作家？做了埃德格伦太太三年有余，安·夏洛特·莱芙勒还没有质疑传统主妇角色，而是对和谐的共同生活承担全责。假如她不再是她本该担当的主妇，她会让自己失望。她认为，到目前为止，和古斯塔夫的结合给她带来了理想的阳光，并没有带走她行动的自由。

不过现在，她到了这个节点——必须选择道路。只要她还是个新手，她还能处理和古斯塔夫的关系。现在，她担心自己的名字会被暴露，她会成为公众人物。最重要的是，她的写作开始对她有越来越强大的力量，超越了其他所有的兴趣。这是一条她觉得自己愿意走也必须走的道路。充满自责的她，为了古斯塔夫，但愿自己从未结婚。在她的内心里，她感受到了婚姻中的那些眼下和将来的骚动的原因。

眼下，最让她思虑的是：何时、如何在皇家剧院上演她的戏，会有哪些演员出演。公演还在拖延。这一时期，剧院喜欢在同一次展示中演几出戏。安·夏洛特·莱芙勒起初设想《拖鞋底下》将和《助理牧师》同时公演。这样，较轻松的戏可平衡较沉重的戏，她的才华的宽度可显而易见。结果却并非如此。

"1876年3月13日，《拖鞋底下》终于首演。只有弗瑞兹和我去了剧院。古斯塔夫不敢跟来。"她在日记里干巴巴地写着：公众的反应很让人失望，掌声稀稀落落，没人为作者欢呼。

所有的剧评人都明白，这是《女演员》的作者或女作者的新作。一位剧评人表示，他因此既好奇又十分期待；但剧本太随意，太日常，内容也没什么诗意。另一位剧评人认为，这个剧过于拖沓。全剧的表演被认为还不错。

也就是说，安·夏洛特·莱芙勒没能再造《女演员》的辉煌。在这种情境下，她可以依赖作为埃德格伦太太构建起的日常。接下来的几天里，她既没有自己晚饭桌上的客人，也没和公婆一起吃晚饭。她给母亲写了封信，这见证了她的复杂心情。如今，当她重新出现在公众的打滑的小径上，她实在需要朋友们的支持，因为她个人的自信会因微小的阻碍轻易地受伤。她坦言，最难的是，她已不像从前那样谦卑了。如今，假如不能成为像比昂松和易卜生那样的大师，她不能满意。她宁愿是一名出色的管家或清道夫，而不是一个拙劣的作家。她其实并不很在乎《拖鞋底下》。然而，假如她心爱的宝贝《助理牧师》不成功，那么她就走向第一棵树去上吊。

1876 年 9 月 29 日，是《助理牧师》终于首演的日子。这出戏她也是和二哥弗瑞兹一起看的。古斯塔夫·埃德格伦和往常一样躲开了。"戏遭到了冷遇"，她在日记中记录。就连媒体的反应也是否定的。一位剧评人很有见地地抱怨，

第一幕戏给后来几幕投下了一个长长的无聊的阴影。没有剧评人提及女作家想强调的严肃问题。

她很生气但并没有灰心。真正让她恼火的是，不少剧评人认为作者对大学情形一无所知，因此，是个女人。难以理解，她的兄弟们竟没能帮她！如今，她处在可笑的日子里。而她是那么注意现实而真切地处理对事实的描写。不过，不要紧，下次会有更好的运气——她斗志昂扬地对母亲宣称。挫折只能激励她开始新的尝试。一周后，她却不那么勇敢了。她写信告诉塞克拉，城里尽是关于她的没完没了的流言。另外，有个剧评人重复着对她的批评。这成了压死骆驼的最后一根稻草：

    面对所有的嘲笑和戏弄，要保持沉默是苦涩的。这自然是因为人们认为作者是个女性。因为在我们的时代，女性依然得不到教育，以至于假如她胆敢把头高出人群哪怕就只那么一丁点，也总是被置于蔑视之下。

第四章

我是我性别的叛逆者：1877—1881 年

边界扩大

　　1876 年 12 月 7 日，古斯塔娃·莱芙勒 59 岁。安·夏洛特·莱芙勒意外地忘记了母亲的生日。两天后，她写了封信替自己辩解。她的解释堪称外交奇迹。她说，正因为自己几乎时刻都在想着母亲，才会忘记母亲的重要日子。不过她承认，也可能是别的原因。这段时间自己正忙于写新小说。因此，她让对于作家事业的关心走在了做女儿的职责之前。女作家不会在与亲近的人的关系中疏忽或鲁莽。尽管如此，她的信是个有趣的路标。虽说有挫折和减速，但这接下来的五年是个成熟期，她在此期间集中心思于文学活动，发展了艺术创造力，强化了作为写作女性和知识分子的自我认知。

她生活的外部框架没太多改变。古斯塔夫还是在警察机关拼命工作，似乎满意于做妻子的家长和看门狗。作为一个关心又谨慎，很容易被越发独立和有决心的妻子掌控的伴侣，他偶尔闪现在她的信件和日记里。周围的人料想不到的是埃德格伦家和谐的家庭生活不过是外表。婚姻是苍白的。

对安·夏洛特·莱芙勒来说，这显然意味着在肉体和情感两方面的失望。首先，她现在开始意识到，成为母亲的梦想可以搁在一边了。作家，这个她人生的另一选择将因此在她的生活中加重砝码。这也反映在她和塞克拉讨论写作时一再使用的暗语里，她俩称写作过程是怀孕，作品则是她的孩子。

像那个时代大多数的布尔乔亚家庭一样，家人是理所当然的最亲近的交往圈子。在冬季和公婆定期见面，要么在公婆家，要么在年轻的埃德格伦夫妇家。古斯塔娃·莱芙勒在乌普莎拉的儿子弗瑞兹那里。母女间有密集的书信往来，母亲要了解安·夏洛特日常的所有细节，这维系着母女间强大的牵绊。

父亲的状况一直让人担心。1870 年夏天，他的精神已不健康了，从 1874 年春开始，他被斯德哥尔摩的恐拉兹医院收容。病情时好时坏，起伏不定。次年，他在家中和家人一起过圣诞。"这一天会是个明媚的记忆"——当时，安·夏洛特·莱芙勒在日记中这么写，她期待父亲最终能被治好。但事态并未如此发展。一份病历记录，有一天，他一面叫喊，一面诅咒，试图把魔鬼关在瓶子里，还威胁护理人员的生命——这透露了他的状态。医生显然无能为力。这个负责的教授允许家属探访，允许他们带鲜花和蛋糕，但不准带俄罗斯果酱和杏子。教授不熟悉这些外国玩意儿，担心这些东西会让病人兴奋。

1880年9月安·夏洛特的父亲转入乌普莎拉的一家私人设施，在那里，弗瑞兹和古斯塔娃·莱芙勒可参与对他的看护。接下来的几年，在安·夏洛特·莱芙勒的日记和信件中只能看到有关父亲的几次零星记录。1884年7月16日，他离开了人世。当时，他唯一的女儿在国外，他的长子尤斯塔在新婚旅行中，而他太太正在探访最小的儿子阿瑟。

父亲的病还以其他方式给这个家庭投上了阴影。1878年春，甚至哥哥弗瑞兹也有了精神上的混乱。"求上帝解救我们于这方面更深远的不幸"，安·夏洛特在日记中这么写道。她意识到家里有精神疾病的遗传。她的恐惧被证实。弗瑞兹在乌普莎拉从事北欧语言的研究和教学，将升任教授。可到了1884年秋，他因病不得不离开岗位。

尤斯塔·米塔格–莱芙勒以前是安·夏洛特的恒星和导师。到国外后，他于1877年在赫尔辛基做了破纪录的年轻数学教授。四年后，他被召唤到新成立的斯德哥尔摩大学做教授。安·夏洛特·莱芙勒和她大哥的关系将用整个一生来雕琢。她牢牢地粘着他、崇拜他。他是出类拔萃的，比"平庸人的水平"高过整个一头，她对塞克拉这样评价大哥。但他也作为男性霸权的代表挑战着她，让她感到不断增加的反抗意识。她从未停止和他讨论阅读，也从未停止和他讨论自己的写作。

让安·夏洛特·莱芙勒焦虑的是，虽然她想撮合大哥和塞克拉，尤斯塔还是没能和某个女性结婚。1878 年 10 月，她写道：尤斯塔可绝对不能当老单身汉！她的愿望因 1881 年春，尤斯塔向一位芬兰将军 19 岁的女儿西格奈·林德弗斯求婚而实现，也把安·夏洛特和母亲古老的竞争关系挑了出来。古斯塔娃和尤斯塔都没对安·夏洛特透露秘密，这给安·夏洛特很深的伤害。为何母亲知道这未婚妻的名字，她却一无所知？她对塞克拉·霍德贝里抱怨尤斯塔的选择实在不可思议时，也许有这么个失望在背后作怪。他为何要选这样一个平庸也微不足道的女孩呢，他明明一伸手就能得到富裕、才华和美貌？她很难原谅西格奈·林德弗斯，因为这个女子既不富有、美丽，也不聪慧。几年后，她将这个情境安排在一篇叫《女性的气质和性欲的诱发Ⅰ》的小说里。

最核心的朋友圈都还在，不过这些年里，他们以各种方式遭遇到打击。路德维克·安奈斯泰特刚被任命为乌普莎拉大学的法学教授，且是新婚，却突然受了冲击。1880

年秋，他妻子待产。1880年10月初，安·夏洛特·莱芙勒不无讥讽地告诉母亲，安奈斯泰特太太"似乎期待着至少两个继承人"。几天后，她又通报：安奈斯泰特太太周五生了个男孩，直到周一还健康。可她发了烧，突然就去世了。

这个秋天，塞克拉·霍德贝里在乌普莎拉。安·夏洛特急速地想撮合女友和新鳏夫安奈斯泰特的婚姻。塞克拉以她一贯的尖锐拒绝了：她可不想吃别人嚼过的东西——意思是说，以前安奈斯泰特喜欢过安·夏洛特。塞克拉最亲近的朋友甚至没感觉到，塞克拉很久前就已爱上一位有妇之夫，C.G.阮格尔伯爵，是她在一次次访问故乡延雪平时认识的。

考奈莉娅·帕尔曼，安·夏洛特的另一密友，体弱多病却做着双份工养活自己和母亲。她带着极大的热忱在瓦林斯卡学校教地理，很受学生欢迎。通过她姐夫、国家博物馆F.A.斯密特教授的关系，她有机会照管长期被隐藏的大型民族志。她在负责科学审查的同时，也负责所有的墙纸和油漆工。1880年1月的一个晚上，考奈莉娅和安·夏洛特共进晚餐。曾经那么精力旺盛、生动活泼的考奈莉娅看来是那么崩溃，她只一个劲地哭。考奈莉娅受工作中有毒物质的折磨，还被自己的姐夫加雇主欺压。很快，有件事也搞清了，她罹患肺病——当时的一种传染病。

1877 年 3 月初的一天，安·夏洛特·莱芙勒接待卡拉·利里雅罗斯的拜访，那是个有非凡才能和感召力的女性。她是寡妇和两个孩子的母亲，也很富有。次年她和一位热衷艺术的医生，后成为艺术学院教授的卡尔·科尔曼结婚。他俩组建了一个家，一个斯德哥尔摩艺术家和知识分子的聚集地。

很快，安·夏洛特·莱芙勒被卡拉请去喝下午茶或吃夜餐，那是个小圈子，却是精选的超常睿智的圈子。他们用阅读和歌唱来娱乐，十分开心。这具有关键的重要性。圈内的女性使安·夏洛特·莱芙勒对知识的探求得到支持和养分。这些人包括考奈莉娅·帕尔曼，朱丽亚·谢尔贝里以及将因她的文字名扬全球的艾伦·凯。这些妇女对和文化及社会事务相关的一切都有强烈兴趣。她们显然对"已婚妇女财产权联盟"推进的改革很了解。她们也关注被讨论得越来越多的话题，如卖淫、双重标准与道德。

另一个对安·夏洛特·莱芙勒来说很关键的联系是，古斯塔夫·埃德格伦在美国居住了一阵的表弟欧内斯特·拜克曼于 1876 年秋回到瑞典，和他一起归来的还有他的美国妻子路易丝。这两个人成了安·夏洛特亲近的朋友，很快更成了女作家剧本和散文的实验观众。欧内斯特·拜克曼出任重要媒体《新插图报》编辑，这意味着莱芙勒比先前更拥有自己的写作论坛。

拜克曼自认是激进的社会自由派，他捍卫罢工权，讨论工作问题，重视刑满释放罪犯和最穷困家庭的状况。

1878年新年后不久，埃德格伦一家受邀参加史密特家的晚宴。也就是考奈莉娅·帕尔曼的姐姐和姐夫家。在日记中安·夏洛特·莱芙勒有所保留：晚餐不错。夜宵很糟。很热，很黑，客人们很无趣。不过，即便是这样的经历也能给她的创作提供养分。1879年3月斯康森赞助的集市对她来说也一样；斯康森，这个设计好的开放式博物馆如今依然是斯德哥尔摩主要的景点。女作家越来越注意为写作记录人物和环境。

这一时期，埃德格伦家的外在框架变了，因为他们换了住所。两个不同的医生诊查了古斯塔夫·埃德格伦的心脏，指出莫瑟坡广场不适合居住，因为他绝对要避免坡路和台阶。1879年春，安·夏洛特投入大量时间和精力物色新住所。最终她在维拉斯塔登找到了一处，位于市中心，是新近清理贫民窟后的建筑。这里特别吸引她，因为靠近自然。这个处于新建筑三楼的住处宽敞又明亮。安·夏洛特认为，这个公寓能满足所有的期望：乡村风景、整面的大窗户、深色油漆的房间、大墙、所有设施。此外，她终于有了自己的小工作室。

虽然如此，她把夏天当成呼吸孔。"像我这样爱自然是一种不幸，因为我生在北国"——她对母亲抱怨。和自然的接触是灵感的一个有力泉源。与斯德哥尔摩程式化的生活拉开距离，她寻求内在的平和及工作的安宁。有一个夏天，她和古斯塔夫·埃德格伦在哥特兰岛首府维斯比度过。她对住处很满意，屋子有三间，阳台很大，朝着大海。楼下有个小厨房，也有一个房间给女佣埃瑞卡。很快，他们还找到一间价廉物美的饭馆。那里可以吃到：黄瓜、鸡和米饭、布丁，冷餐和熟食、啤酒。这样一份，男士付1克朗，女士76厄尔。埃瑞卡的付50厄尔，就是少一份饭后甜点。

在访问哥特兰岛前后，安·夏洛特拜访了威克，塞克拉·霍德贝里的姐姐西格奈和她丈夫汉宁·汉密尔顿买下了这个庄园，定居在那里。"一个美丽、古老的绅士住宅，大花园，宽阔的湖，森林的散步，以及所有的一切。"第一次访问后，她在日记中这么记录。无论是对安·夏洛特还是对塞克拉来说，威克都会继续填补霍德贝里家的榛树岛之后的那份空缺，提供一个欢迎她们前来的避难所。一天，早晨四点，她跟随着西格奈的丈夫汉密尔顿伯爵去打兔子。"打猎很有趣，我们在巨大、深邃的松树林里穿梭了几十公里，打猎的牛角声悠扬悦耳，一切既新鲜又严肃。"她说。在她同年写出的故事《露娜》中，我们能看到类似情节的重现。主角是个年轻女子，她的自然的天性和克制的布尔乔亚特质相互冲突。

在赫汉姆拉，位于尼奈斯港之外的一座莱芙勒一家先前租用过几次的庄园待上几周，让安·夏洛特有了工作需要的安宁以及和母亲、哥哥弗瑞兹相处的机会。不过对她而言，这里最大的好处是靠近大海，能接触半岛上的人们。她很想描绘在大海的孤岩上生活的人。这是她最受瞩目的小说之一《奥洛尔·邦赫》的种子。

对绘画的狂热

1877年11月2日，安·夏洛特在日记中写道，她开始接受奥古斯特·马尔姆斯特罗姆的绘画课程。他是美术学院教授，在德国、法国和意大利接受了教育。在19世纪70年代后期的几年，她过于热衷于绘画，这妨碍了她的写作。她一面抱怨没时间写作，一面狂热地投身于绘画。有时冲突明显。从下述描写中能看到她在视像上的训练如何影响她的写作：

> 昨天，我本打算至少写几行字。但水上实在是太漂亮了，厚厚的雾因为太阳成了玫红色，我从喝了一半的茶杯边走开，忘记补袜子，站在窗边画了起来。

模特课上，年轻女士能看到男模特，这让她觉得十分有趣。她对一个来自提洛尔的画家特别感兴趣，他是为了挣旅费来做模特的，非常英俊。安·夏洛特对古斯塔娃描述了画家的模样：他有个和阿波罗一模一样的头，五官具备古典特征，头发很多，呈卷曲的黑色。皮肤和眼睛是温暖的南方人的。以百年来男人们分析裸女的同样直接的方式，安·夏洛特·莱芙勒在这里观察了一个男人。她将继续突破男性"看"的特权，清晰而无畏的凝视将成为她作为一个作家的标记。

同一个秋天她告诉母亲，她将画一个半裸的女模特。她对事情的描述表明，她如何训练自己无偏见地辨识表面之下掩藏的真实和美。初次看到那个裸体女孩坐在那里时，她觉得实在太可怕了。可一旦开始描画，她把女孩看成了一座雕像，一个上帝自己的作品的例证。这景象在模特后来穿着日常的衣服跑到日光之下后消失了。模特只不过是个丑陋的、脸上有麻子的可怜的穷丫头。

安·夏洛特·莱芙勒在老师眼里是个有前途的学生。她有时会说起对绘画的狂热。或许她给写作设定了那么高的一个标准，于是需要为创造力找寻另一个出口。或许，绘画其实是她作为作家继续发展的一个步骤？一个确定细节、色调，感知环境和整体连贯性的一种训练？

她对塞克拉解释了自己如何看待绘画和写作的关系。她认为，假如她从事风景画的创作，她可能会是个体面的平庸的画家。反之，在文字领域，她却有更高的野心。绘画可能是个转化，可填充自己在写作上的绝望。

更高的目标

处于 1876 年 9 月《助理牧师》让人失望的消极反馈中，作家开始着力于一个新计划以取代戏剧。《助理牧师》公演一个月后，她开始写一篇有个讽刺标题的故事《一间小屋和一颗心》。她对塞克拉解释，这将收在打算匿名发表的，叫"来自生活的研究"的短篇故事集 ① 里。她在计划一系列相当现实的描述，需要有益的建议。她试图抓住社会的弊端和误解，尽可能用浓烈的色彩描摹。在这方面，故事会比戏剧有更多自由——她挑衅地宣称。现在，她对剧院已倦怠，那些观众同盟和固定的艺术呈现强迫有一个虚假的和谐。而她，将愉悦地按原本的模样来描摹生活。

不过，短篇小说的写作比她在最初的狂热中想象的进展缓慢。虽然她探求跟上时代的文学潮流，但还是要耽搁超过五年才能完成这个故事集。一个外在原因是，她还不能立刻找到一个欢迎她的论坛。

《一间小屋和一颗心》是一篇精心书写却朴实无华的故事，说的是，一对年轻夫妇有关喜乐婚姻的梦想触礁于严峻的经济状况。她描写的情形十分逼真。从事学术研究，

----

① 后来的书名定为《来自生活》。

因家庭责任而放慢学术事业进程的年轻男子形象，显然受到她哥哥的情境的启发。那时的研究者总体上依赖奖学金和短期工，直到他们能在大学争取到少有的固定职位。故事里的主人公优先于学术事业，选择了家庭，这是很多有相同处境的人都能辨认出的一个妥协。1876年圣诞期间，女作家给家人朗读了这个故事，赢得了掌声。然而，《新插图报》那个保守的编辑维瑟尔格伦却拒绝了这个作品，也许他认为这故事过于现实。

《一间小屋和一颗心》得到反馈数月后，安·夏洛特·莱芙勒有了篇新小说的构想。她立刻坐下来书写，却没能清静多久——她在日记中记录。数月后她给尤斯塔的信揭示，她指的是封闭的妇女生活的挫折感。她甚至不能有一天不被打扰，总要参与那些她依然并不擅长的琐碎家务，或必须投身那些戕害灵魂的社交。"我开始认为，我成了女性是个天生的错"，她抱怨。试想，假如她可以如尤斯塔那样把全部的精力用于知识工作。六个月后，她重拾话题。她跟哥哥解释，或许她永远也不可能成为艺术家，然而，这么一来，她也永远不能做一个正常的女人：

> 我是自己性别的叛逆者，毫无疑问，我被创造得具有男人的兴趣和能力，没有为他人奉献和忘我的女性天赋……假如我是你，或者假如我晚出生90年，我便可以投身研究，那对我来说是最渴慕的幸福。

这种被困在妇女笼子里的感觉也是她打算写的新小说《露娜》的主题。不过她去见了维瑟尔格伦，想给这个她想突出的严肃话题创造一个轻松氛围。他对她在短篇小说方面的新尝试相当满意。

　　短篇小说《露娜》是现实主义的，发生在当时的瑞典，处理的是一个读者极易产生共鸣的冲突。和《女演员》及《助理牧师》一样，讲述一个有艺术才华的人面临着窒息的危险，因为她和一个虽有好意却不能理解自己的伴侣在一起。虚构出的女主人公有许多特征和作者相当一致。露娜这个年轻女子是个孤儿，新近嫁给瑞典一座小城的市长。至今，她在欧洲，和她的音乐家父亲度过了丰富多彩的生活。而在这个小城里，她很快发现，她的市长丈夫及他的朋友们无趣至极。她用长距离的散步来愉悦自己，也画水彩画，让自己沉浸于想象。然后，秋天带着黑暗和阴雨到来了，她起坐难安，感觉如同笼中野鸟——这是一个后来安·夏洛特·莱芙勒多次反复使用于自身的图像。

　　安·夏洛特·莱芙勒至今一直把性欲升华成强烈的友爱关系和对家中亲人的过度关心。也许，她到底还是暴露了一些诱惑。现在她安排了一位有魅力的男爵几乎勾引到了露娜。露娜和她好心丈夫的关系到了紧急关头。露娜放弃了，以完成自己的职责来寻找幸福。这里，作者流露了通过感恩的心和职责感捆住了自己的，她对自己婚姻的看法。

在安·夏洛特·莱芙勒发表新小说之前，她和往常一样先在朋友和家人的小圈子里做测试。这充分表明她喜欢家人和亲友的审查。塞克拉颇有疑虑。安·夏洛特·莱芙勒难道不正是按古斯塔夫·埃德格伦的样子描摹市长的吗？这可不行。得把这故事扔在废纸篓里！

女作家进行了反击。她得放弃这个辛苦工作了半年、自己非常喜欢的《露娜》吗？绝不！她当然意识到，读者会认为露娜这个人物是作者的自画像。可那也无能为力，她说。想要描绘生活，就始终得冒险。一个读者可能会认出这一点，另一个认出那一点。这是她准备好为按生活本来的样子去描绘所要付出的代价。不过她答应塞克拉，会让古斯塔夫读这篇小说，事先不提醒他，让他决定这个故事的命运。她也这么做了。一周后，她告诉塞克拉，古斯塔夫没什么反对意见，所以她打算把《露娜》交给维瑟尔格伦了。

以下的独立宣言表明莱芙勒朝着艺术的成熟和职业的自觉走出了决定性的一步。塞克拉明白她喜欢听好的意见，假如有道理，她就会改，安·夏洛特写道。但最终，她没有什么其他的尺度好依照，除了自己的审美意识。她明白带着文学作品走向公开的冒险意味着什么。不过她自己已准备好既承担责任，也承担奉献，同时，她要求家人和朋友们在这方面尊重她。假如，在很快就 30 岁时还不能估价自己的作品，这世上就不会有什么更好的建议能把她从一个失败的业余爱好者的处境上挽救出去。《露娜》在 1878 年夏，在六周之内于《新插图报》发表，并获得了好评。

　　然而，短篇小说真是她的路径吗，还是说，她应该专注于戏剧？对安·夏洛特·莱芙勒来说，戏剧才是最大、最重的。只是她的自信心在摇摆。一个有倾向和表达意愿的作家，她的前进道路可能还不那么清晰。《露娜》发表了一段时间后，她着手把小说搬上舞台。如今，叫《艾尔芬》的剧本是一出三幕喜剧。她集中于事件，让它兼备喜剧的效果和情感的戏剧性。特别是，女主角更有诗意和深度。甚至她丈夫以及那个引诱她的男爵也比小说中的形象更丰满。然而，她纳闷，怎么才能让这个故事不致落入一个关于几乎得逞的通奸的俗套呢？

　　在给尤斯塔的一封信中，她描述了自己关于当代戏剧的美学观，以及自己的观点在《艾尔芬》中的运用。戏剧必须近距离紧跟生活，以满足对时代真相的需求。牵着木偶线的作者不能被看见，戏剧应简单和自然地展现，没有太大的外在修饰。在每一个场景结束时，主人公都应有一定的变化。

　　1879 年 3 月底，她把《艾尔芬》交给皇家剧院经理。一个月后得到通知，剧本被肯定了。剧院经理很赞赏，只是，在具有很强舞台效果的前两幕后，第三幕实在是太沉闷。和母亲及女友塞克拉密切商议后，她开始修改最后一幕。初秋，交给剧院。然而，在 11 月，剧本被拒绝了。

　　这下，她可真是绝望了。她原指望用这出戏奠定自己作为剧作家的名声，获得真正的幸福。她真的要放弃这个至今以为是对自己的召唤的，戏剧创作这一职业轨迹吗？
对她，这可是个生死问题——她悲观地对尤斯塔诉苦。
1880 年新年，她在不同文学类别中的摇摆走到了尽头。那
时她才知道一个令人痛苦的事实，那个在皇家剧院挤掉她
的剧本的，是她崇拜的偶像易卜生引起媒体和社会巨大激
动的戏剧《玩偶之家》。众所周知的是，女主人公娜拉离开
了丈夫和孩子。

在秋天她已读到了易卜生的这个剧本，觉得特别有趣，
但也有些古怪——她对塞克拉写道。不过，她补充说，假
如是她写了这出戏，剧院方面一定会拒绝。易卜生敢于挑
战公众口味。她观看了首演，觉得很吸引人。然而，易卜
生想借他的戏剧说些什么呢？多数的人视之为危险和社会
的"溶解"，她从自身出发，觉得易卜生只是想表现压抑的
婚姻能引起什么样的麻烦。

几乎同一时期，她也对奥古斯特·斯特林堡新出版
的《红房间》发表观点。虽然被告知这本书不是给女性看
的，她却饶有兴味地阅读了，并毫不怀疑许多描写都是真
实的——她的最高评价。她很高兴，这样一个真实、独特
的天才终于在瑞典出现。然而，她不觉得斯特林堡能在戏
剧上和她抗衡。她认为，组合似乎是他的弱项。这是对一
个后来成为瑞典头号剧作家的人作出的天真批评。

半年后，她把遭拒绝的剧本给了路德维克·约瑟夫松，
他刚接管新剧院，新剧院是皇家剧院的一个挑战和对手。

十天后，他答复说，很高兴排演这出戏。

1880年9月11日首演，此前只排练了三天。一个附加的引人之处是对一支管弦乐团的起用。而根据旧习俗，一般在演出前和幕间会有音乐。这出戏在公众反响方面是个巨大成功。对古斯塔娃·莱芙勒来说，她骄傲的女儿能够告诉她：去看了好几场演出，戏票都是销售一空；人们大笑、哭泣、鼓掌、喝彩，还能要求什么别的呢？一个月后，这出戏已演了十一场，还会演下去，这在新剧院是不寻常的。安·夏洛特·莱芙勒作为剧作家在瑞典并非绝对没有前途。她的几出戏在丹麦也取得了成功。

然而，她为何没有创作短篇小说呢？这是她从环境中不断接收的要求。1880年新年，她的朋友欧内斯特·拜克曼成为《新插图报》的新总编。这对莱芙勒作为作家的发展十分关键。现在她的写作自然是有了一个阵地。这里欢迎她的文章和戏剧评论。这家报纸也发表了她的几则短篇小说。她后来将这些小说收入了将引起瞩目的小说集《来自生活》里。

很快，她交出了短篇小说《一个大人物》。她毫不掩饰地运用了从塞克拉的姐夫西格奈·汉密尔顿那里得到的信息，披露了他们家的亲戚，瑞典的一个大人物老汉宁·汉密尔顿的情况。肖像十分直接。主人公甚至是瑞典学院常任秘书——这正是汉密尔顿许多职责中的一个。他的经济情况糟糕，他对财产的依赖严重，此外，他还对吗啡上瘾。读者怎会认不出她指的是谁？她安慰担忧的母亲，拜克曼绝不会用这稿子，假如真是写得太实。那样的话，对报纸自然会是个严重伤害。她自认为，作家必须勇敢，甚至在一定程度上不计后果——这是她将遵循的座右铭。

事实上，她把《一个大人物》摆得与真实太近，近得超出她能想象的。还不到一年就暴露出，老汉宁·汉密尔顿，一个现实社会的标志，盗用了包括瑞典学院在内好几处地方的大笔钱财。他甚至向国王私人借钱。汉密尔顿不得不丢掉所有职务，变卖所有财产，到法国度过余生。丑闻在整个欧洲都激起了回响。

安·夏洛特对小说艺术谦逊的态度对她的创作有益。两年中，报纸刊登了她的不少短篇小说。另外，她在欧内斯特·拜克曼的要求下开始写戏剧评论。在这些文章中，我们能看到一个独立的，对当前戏剧事件作出锐利分析的评论者。同时，她清晰地公开了自己的艺术方向。一个希望创作一幅现代行为图景的剧作家，必须给演员像真实的人那样表现的机会，而不是给他们刻意向观众找寻鼓掌的场景。她宣称，对真实的要求是第一位的。是让人愉悦的，但也必须是负责任的。

最有趣和最有益的是完全匿名

1881 年，安·夏洛特·莱芙勒终于走出信件来往保护的空间，直接对公众就这些年来她关切的许多问题发表看法。她感觉自己是职业的剧作家和写作者。如今她也在严肃地计划出版自己的短篇小说集。这意味着，现在，一劳永逸的，她必须考虑在公众前的自我认定。她应该完全匿名地出版小说吗，是用一个多多少少有些透明的笔名吗，还是用自己的真名？她决定这一问题的过程，以一种几乎苦痛的方式反映出，当时一个有知识、有创造力的妇女角色的残障。

她曾不断对大哥抱怨他俩在智识前提上的不同。她想，这是天性的错，作为女性，不像他，可以读书、发展、旅行、和志趣相投的人交际。她也完全清楚，自己这样的女作家比男同事们更脆弱。然后是心理上的，不单只是尤斯塔鼓吹的自我审查。兄妹俩对"蓝袜子"这一概念不同时期的运用，显示了她如何逐渐成功地从他天真的对她的文学野心的轻视中解放自己。根据当时男子的黑话，"蓝袜子"是说一个胆敢进入男人的文学、哲学、科学领域，却不符合男性设立的价值标准的女子。这字眼到底包含什么并不明确，也因此使得它的运用更为随意。尤斯塔用这个词来标定自己的位置，同时在某种程度上保护莱芙勒家族的荣誉。其他人用它，很简单，是为捍卫男性的领地。

"蓝袜子"对安·夏洛特·莱芙勒的自我形象是个威胁性的阴影。但这个字眼的意味对她也在不断改变。对于卡拉·科尔曼周围妇女的拜访提升了安·夏洛特·莱芙勒的自信，也让她思考妇女问题。1879年秋，她已经以胜利的口吻写信给母亲，说自己属于"蓝袜子"。第二年春，她说自己参加了一个讲座，在那里遇到了斯德哥尔摩所有的蓝袜子们。讲座无聊，但聚会很有趣。做一个蓝袜子已不是什么令人羞耻的事，而成了她很自然的自我认定。

从她关于匿名问题的态度，安·夏洛特·莱芙勒作为作家的脆弱自信可以看得更清晰。她20岁出版自己的第一本书《偶然》时，女性作者不能使用真名成为公众人物，这在莱芙勒家里是不言自明的。那时，这本书有个副题，叫"卡罗特的故事"。当她成了埃德格伦的新婚妻子，借《女演员》作为剧作家亮相时，她顶多对自己是谁保守秘密。古斯塔夫从一开始就很担心，假如妻子的事败露，会让他这个官员蒙受耻辱。所以《助理牧师》是作为《女演员》作者的戏被介绍的，而《拖鞋底下》被说成由阿尔伦·莱芙松创作。

1878年夏，当《露娜》将在《新插图报》刊登时，她先是选了相当透明的笔名"卡罗特"，明白可能会被揭穿。夏天里，她还读了这故事，没表示自己就是作者。一个古怪的秘密！说到即将出版的、在她面前的短篇小说集，她对尤斯塔有一个新的、并非无趣的关于匿名的争论：

> 毫无疑问，最滑稽、最有益的是完全匿名。我几乎觉得作家永远都不该署自己的名字。这个或那个作

家个人的观点才是大家关心的。一个有才华的作家有权告诉人们他们自己的真相，比如说，埃德格伦太太没有权利告诉的。

同时，她被诱惑着，有一天终于能用自己的真名。但她也犹豫着。她的脸面会因为原型被认出而遭损害吗？或者因为她处理的是富有挑战性的主题，比如在故事《奥洛尔·邦赫》里，说的是一个上流社会妇女如何突然被一种激情攫住——对不认识的灯塔管理人。

安·夏洛特·莱芙勒请求哥哥尤斯塔在男人社会里替自己引路，她不知道男人如何判定——她写道。但在紧接着的下一句，她又说，自己完全清楚。她觉得男人们希望女人无辜单纯，永远不去阅读童书之外的东西，对一切不干净的一无所知。但作为一个作家，她还是要走自己的路，挣脱这些偏见，不然，她就是被捆绑了手脚的。

尤斯塔回信表示，他认为，出版现实主义的小说集是个好主意，但同时强调，必须匿名。他相信，人们一定会想到某些人，会对丑闻尖叫。安·夏洛特·莱芙勒作为女人的名声势必处于危险之中。就不能暗示作者是个男人吗？这对书一定有利。

同时也因为尤斯塔与比他年轻16岁的西格奈·林德弗斯订婚，他和妹妹之间关于男女的不同看法，后来变成了公开的冲突。当尤斯塔跟妹妹说起未婚妻时，其说法显示，他人格深处的价值观正是安·夏洛特·莱芙勒质疑的。35 岁时他做了选择，他没在任何出色的女性那里停留，像妹妹以及塞克拉那样出色的——他承认。不，西格奈是：

> 一个有很多小才能的小姑娘，画那么一点，唱那么一点，不过，完全没有更高的才华。她是个有着高贵心灵的小姑娘，全身心地爱，也全身心地为她所爱的人做牺牲。

尤斯塔需要一个他可以防卫和保护，甚至可在一定程度上培养的妻子，他说。最首要的是，她除了他的兴趣，不能有别的。

安·夏洛特·莱芙勒成功地在私人层面上处理了这个局面。她和尤斯塔将继续是亲近的朋友，对于西格奈，她会是一位体贴的小姑。然而在妇女观方面，她和尤斯塔有严重的分歧。她已不再是寻求帮助的妹妹，而是一个认为自己有同等价值的独立女性。在和哥哥的痛苦争执中，她宣布要为妇女解放的理念做出自己的贡献，于是现在，她决定用自己的真名出版短篇小说集《来自生活》。

第五章

我们时代的作家：1882—1883 年

以自己的名字

1882 年 5 月，安·夏洛特·莱芙勒以自己的名字出版短篇小说集《来自生活》，她终于在评论者和公众中得到她梦想的发展。这一切是怎么实现的呢？

去年在与哥哥尤斯塔讨论时，她宣称要出版一组心理研究作品，不会是老调新弹，而是基于自己对生活的观察。在小小的文化贫瘠的瑞典，如今有奥古斯特·斯特林堡写出了一本《红房间》，是文学处于新纪元的唯一标识，她相信，她应该有很好的机会赢得注意。在斯特林堡那里，她看到了同盟。思想自由的她很高兴地看到他有才华，但认为他在某些地方语言有些粗糙。

就是说，她关心的是书写全新和摩登的。背后站着的是丹麦的乔治·布兰德斯，以及他关于文学该在当前事务中表明立场的要求。早在青少年时代，她已热心而勇敢地，试图让自己始终追随中心的意识形态、社会和文化事件。比如说，她早年对宗教的兴趣使得她在《助理牧师》中展开了一个引起高度关注的关于自然科学地位的探讨。她身为未婚妻时，已斗胆捍卫过妇女发展才华的权利，并很快在《女演员》中描绘了这个问题。19世纪70年代，她关于妇女问题的想法得到发展。新近，她对大哥宣称，妇女解放的理念离她的心很近。但她不认为自己激进。这是个重要标识。她注重观察，也很务实。在她看来，妇女问题的内涵就是做自己，不过，她和那些宣言保持距离。莱芙勒对易卜生《玩偶之家》的反应十分重要。1880年1月她写信给尤斯塔，同意该剧是个杰作，但它的倾向是可怕的，社会是会溶解的。她不同意，妇女像女主角娜拉那样放弃对丈夫和孩子的责任，就能找到自己。妇女不该等待什么大事，那样会失望。这种对婚姻的保守态度也是莱芙勒在自己的戏《艾尔芬》里表达的，这出戏后来在这一年里也公演了。多数人对她的迟疑吃惊，因为她似乎相当自信、出色。然而她对《玩偶之家》的反应是她在短篇小说集中精细想法的表达。她可能想到了易卜生从他的男性视点出发，并不关心的问题：既没接受过教育也没钱的娜拉，离家出走后会变成什么呢?

她和其他同龄的同事及比她更年轻的作家一样，有着跟随当代发展着的理念的需要。她相信自己是作家，有重要的责任要承担，她也和同代人分享对新的可能性的感觉。像是处于一个自发的，但有些模糊地偏左的位置。在政治的探求上，她有一个盟友，娘家领养的弟弟维克多·劳伦，他很想给她灌输社会主义思潮。古斯塔娃·莱芙勒和古斯塔夫·埃德格伦显然对她的激进十分担心。1880 年 2 月，年轻的经济学家克努特·维克塞尔在乌普萨拉演讲，她也听了，这演讲在她的思想世界里留下了深深印迹。

维克塞尔的主题是无处不在的社会问题：酗酒。根据新马尔萨斯理论，他认为，这和其他社会问题一样，都是人口过剩引起的。他提议的解决方法是人口控制——可通过节欲或避孕来实行。几天后，古斯塔娃似乎半开玩笑半认真地对女儿咕哝：

> 有一个像我女儿这样不合道德的女儿，真是可怕和让人震惊。我一直听人说，养女儿比养儿子要容易，我的经验却正相反。

熟悉当代的文化先驱对一名作家来说，当然是为了紧跟这个时代。比约恩斯彻纳·比昂松和亨利克·易卜生长期以来一直都是安·夏洛特的同伴和灵感的激发者。她也意识到，作为一个女性，她不能让自己像这两位先生一样大胆。

　　带着极大的热情，她也阅读当代其他斯堪的纳维亚作家比如亚历山大·谢兰德，J.P.雅各布松以及贺尔曼·邦的作品。英国作家中，乔治·艾略特给她留下的印象最深刻。不过法国小说对她来说更急需和重要。1881年初，她阅读了《包法利夫人》，是对一个被自己的想象引入迷途的女性的，客观而残酷、让人感同身受的写照。她在这部丑闻小说里没看到任何令自己反感的东西。她对母亲解释，小说的结尾特别感人。然后，在夏天，她埋头阅读巴尔扎克的《高老头》，觉得写得实在太细了。

　　那段时期，她感受最强烈的作家是埃米尔·左拉。在他的《戏剧中的自然主义》里，她发现了好多自己的想法。莱芙勒对他所谓"健康的愤怒"一说感到耳目一新。左拉指的是对一种恶劣文学，一种在复杂的阴谋中对人作虚假呈现的文学的愤怒。因为他，莱芙勒长久以来对传统法国戏剧的反感得到了支持。她愿意创作建立在对人性真实分析之上的戏剧。她作为戏剧家的野心很快就会在戏剧《真正的女人》中展现。

　　左拉对小说艺术的陈述《自然主义小说家》，也让安·夏洛特·莱芙勒很是喜欢。她对他所有的见解都特别有同感。她觉得，这本书应该是所有作家的宝典。她全心地拥抱左拉关于文学应该创造一个通过气质看到真实的角落的看法。然而，他为何只描述社会的背面，为何那么喜欢贫民窟呢，她不解。

让她印象特别深刻的是左拉对作家们的号召，他要他们不要迎合口味，故意地吸引读者。没有什么能阻碍艺术的发展，她同意。这说来容易做来难。她意识到她的小说处理的一些问题，并不是一个妇女不被惩罚就能触及的。因为太接近现实也容易引起冒犯。她必须对着社会和商业的考虑平衡自己的艺术意愿。

塞克拉·霍德贝里同意莱芙勒的观点。假如她的女友推出这计划中的短篇小说集，她将失去名誉；同时，她一定会赢得很多文学朋友，塞克拉相信，其中一个会是乔治·布兰德斯。他刚对安·夏洛特寄给他评定的小说提出详细意见。布兰德斯赞扬她在主题选择上的勇敢，但反对她的描写。她太女性化，他希望她能更大胆！假如她要赢得观众，她必须击败他们。她必须抓住头发，牢牢地抓住，完全地撼动它。是强有力的笔触，不是什么松散的描画和线条。那样观众才会印象深刻，屈服得比作者想象的更快。

安·夏洛特·莱芙勒很害怕，这和其他人对她的看法是强烈的对比。在不确定中，她用朋友圈作审定者。就像从前一样，现在，塞克拉是个投入也能干的编辑。她这么做，是因建立在罕见的智力和情感的一致性上的、温暖的相互连接。回想起来，人们会哀叹，智力超群的塞克拉被外部环境和内部禁忌限制，不能在一个自己的、独立的职业圈中发展。她本可以是个出色的批评家，或者物理学家——像她自己梦想的那样。不过，毫无疑问，和安·夏洛特·莱芙勒的合作丰富了塞克拉的存在，这种依赖是相互的。

塞克拉作为关键读者、编辑，有时甚至是合著者的贡献难以评估。她确实削尖了她的作家女友的艺术知觉和文体意识，她也在困难时强化她的勇气。但也有个不舒服的因素，就是塞克拉在安·夏洛特·莱芙勒的生活和行动上的控制欲。似乎朋友的创造是塞克拉自己无法实现的一切的替代品。在善意批评的伪装下，塞克拉因为挫折感也会很尖刻。在她俩书信往来的最后，这个特征更加升级。而在安·夏洛特·莱芙勒生命的最后一年，她俩的联系更是完全断裂。

当短篇小说集《来自生活》在很多权衡后于 1882 年 5 月出版时，已经远不是什么可怕的描述。女作家扮演和评论的是一个斯德哥尔摩富裕的布尔乔亚主妇。小说出版前，她密集地工作于旧的和新的文字，她的生活充满社交、剧院、绘画课以及对家庭的关爱。她安排雄心勃勃的晚宴，很关心自己的服装。她订购新绸衣时，把细节讲给母亲听，还给她捎去紫天鹅绒样品。作为作家，她喜欢所有这一切。带着开放的思想和锐利的眼睛，她汲取着对人的印象，以备将来能用在某处。

她的第一本成熟短篇小说集《来自生活》其实难以提供乔治·布兰德斯建议的，对读者的勇敢挑战。相反，在这里出现的是一个女作家，她知道对照着自己性别和社会阶层的条条框框平衡自己的义务和社会分析。动机说明了当时占据她所处圈内的人们的头脑想法。七篇中的四篇已发表过，并得到过好评。

《一个胜利》是在对瑞典探险家诺登舍尔德成功穿行北方航路回到斯德哥尔摩时的欢庆中，混杂着嫉妒、怀疑和喜悦的社会心理反应。在这个微小的模型里，作者显示了自己在写作上的精通。借准确的细节，她传达了一个为欢宴而装饰了的城市的期待氛围。同时，这里也散布着存在于疲倦的官员、纳税人和户主间的不满：为何要如此过度地为这个人庆祝？

《芝麻开门》是一首虔敬的家庭田园诗。读者得到一幅一个年轻的、可怜巴巴的新婚助理小公务员的快照，他走在回家路上，将回到妻子身边。他的婚礼实在简陋。突然，他觉得一切和自己学生时代的梦想相比实在是糟透了。可当他就快要到家时，意识到自己拥有让人幸福的内核——一个他爱的妻子，一个也反馈给他爱的妻子。

《医生的妻子》没那么田园风。再次强调了内在真实和外表的差异，也反映了现存的婚姻问题。一个外表看来成功的医生对自己患酒精中毒症的妻子非常无能，并且残忍。这个了不起的医生因为对妻子的无视，杀死了她的爱情。

甚至小说《审判》，部分也是对婚姻的描述。这个被生动讲出的故事以被俄罗斯侵占的芬兰为背景。一个芬兰瑞典学生狂热地爱上了一位俄罗斯蛇蝎美人，他和她结了婚，虽然他也因此和占领方连在了一起。婚姻是一场灾难。忠诚的冲突让他痛苦，他被所有的旧友隔绝。唯一的出路就是自杀。

《疑惑》是另一则对婚姻的描写。是从安·夏洛特·莱芙勒的一次教堂访问产生的疑问发展而来。埃利诺这个富裕的年轻女子确信，宗教的神秘只对孩童和未受教育者有意义。她的宗教是怀疑。尽管如此，她还是被一位牧师的话迷住了。牧师要求职责感和牺牲，这让埃利诺自己的日常生活显得相当渺小。她问他可有什么能信的，屈服于他的、毫无界限地否定自己的要求。最后，她同意做他的妻子。

小说对他们关系的分析十分犀利和有趣。埃利诺被迫推开所有的怀疑。她想相信，她必须相信，于是，因此她相信。另一方面，她丈夫不让自己肯定爱。他必须持续地禁戒，不让肉体和世界把他捕捉到它们的牢笼里。婚姻对配偶双方都成了折磨。埃利诺死了，故事以一个没有答案的问题了结：上帝是对所有的人仁慈，也对所有的人充满爱，还是你必须通过全部的牺牲来赢得他的恩典？

《上流社会的舞会》是篇颇长的小说，全集的焦点。莱芙勒在这里以婚姻内在的张力作故事的框架。一个出生贫贱却有强烈野心的男人，将第一次举办就任部长的舞会，意在把他的家庭，特别是长女奥拉介绍给斯德哥尔摩上流社会。他虔诚又屈从的妻子，饱受被迫进入浅薄环境的折磨。监督孩子的成长是她的原则。她是否会被迫放弃这些原则，把奥拉交给婚姻的市场？

安·夏洛特·莱芙勒不是19世纪女作家中唯一一个描写舞会的。舞会是个充满能量的环境，以缺乏同情的方式，将年轻的布尔乔亚和贵族女子曝光。舞会是个市场，在那里，年轻女子被展示给可能感兴趣的未来的配偶。舞会是个筛选机器，在那里，参加的年轻女子们比拼身份地位、被鉴定、被估价。莱芙勒充分利用了这情形提供的给予戏剧、喜剧和社会讽刺的可能性。

奥拉被描写成一个，全部的有关爱的浪漫想法主要从莎士比亚的《罗密欧与朱丽叶》那里得来的无辜的年轻女子。她也是那个时代对年轻女子期待的样本：清纯和无辜。那些被高度讥讽地描绘的客人们，让读者不难想象，奥拉会有多么受伤。这个夜晚，她的幻景被粉碎，只能把母亲的卧室当作避难所。故事以母女俩一起阅读一章《圣经》结束。叙述者显然对环境、人物和礼仪十分熟悉，让人信服。同时也让人注意到她对那些客人的夸耀、愚蠢和虚荣的透视，她的讥讽恰到好处，能吸引读者，而不是让人厌烦。情节被生动的对话、戏剧的情境、叙述和松散的评论推动。读者得到一个参与观察的印象。同时，莱芙勒优雅地用眼光和转移的视点来唤起舞会之夜上演的，社会和情色力量的争斗。

埃德格伦家交际圈中的大多数人，显然都能明白莱芙勒用了几个熟人作这个故事中几个主角的原型。不清楚他们的反应。在一封给母亲的信中，她捍卫了自己的手法。假如她在社交中遇到一个人几次，对此人的性格感兴趣，她不可以设法塑造这种人的灵魂生活，并以这种方式塑造出一个类型吗？这是画肖像吗？她疑惑。人们的观点总是错！人看到和现实中人物的不同，称之为歪曲的图像。难道就不能得出结论，她描绘的是别的东西而不是一个常规的肖像？假如有人在故事中认出个熟人来，这可真是一种表扬。这意味着她的描摹是真实的，她有令人惊奇的直觉能力。

这个悖论，在今天和在130年前一样有现实意义，还会是个持续出现的绊脚石。短篇小说是她当时致力解决的庞大复杂问题中的一部分。部长一家一方面是给她对这一问题的探讨提供了一个框架：关于表象和真实的对比，世俗和精神的对比；另一方面，是一种接近，她研究的是更现实的问题，关于现行社会系统中妇女的脆弱：婚姻是力量的游戏，性是威胁和强制力。

甚至在先前发表于《新插图报》的《一个大人物》中，安·夏洛特·莱芙勒也和真实十分接近。回头看，你会惊诧，她竟敢那么贴近地描摹一个国家顶级官僚的肖像。很奇怪，甚至谨慎的欧内斯特·拜克曼在她揭露国家领袖权力的虚空时也毫无反应。也许拜克曼是将一切理解成莱芙勒对汉密尔顿的单纯想象，不可能有什么深文大意。丑闻发生一年之后，兴趣也淡了下来，没人对她的轻率举动有什么反馈。也许大家对小说中父亲的瞩目被对女儿海德薇格的注意分散了。以一种有趣的方式，视线的重要性被利用。海德薇格自然因为一直崇拜的父亲的垮台而心碎。可当她看到父亲下属家里的贫穷和敌意，她意识到，他如何利用了自己的下属。她看到他无情的口是心非，明白他就是这样的人。

媒体的反应被等待着。安·夏洛特·莱芙勒因为其他事特别忙，但对书的命运的担忧折磨着她。晚夏，她从出版商那里得到鼓励的反馈。《来自生活Ⅰ》属于出版社的畅销书——她开心地转告塞克拉。1500册基本卖完了，在这么短时间内卖完，以前没发生过。第二刷应该在圣诞面世。另外，这本书还将译成英文、俄文及其他三种文字。

现在，书评浮出，显示出什么能给人留下深刻的印象。书评一致认为安·夏洛特·莱芙勒是现代作家，可以将她置于眼下的文学气候里。一位评论者说：每次都有一些兴趣、冲突和关系是典型的，于是反过来表现了一些具有某种共同特性的人。作家做到了去呈现，同时，她是带着心理的敏感创造出了生动的个性。另外，作家有一个伦理动力和一个想保持客观的意愿，于是，读者有选择自己立场的机会。评论者认为，这一切都表明，她是"我们这个时代的作家"。另一个评论者总结这本短篇小说集成功的原因。作家知道找到主题，有可靠的观察力。她被刺激着当代作家的那些社会理念所影响，她也对不同的世界观表现出宽容。最终，他认为，她有最好意味上的、自由的精神。

关于和能被认出的原型之接近的敏感问题，多数书评人认为，这无关紧要，因为这是个关于用新的不寻常的方式指出生活的严肃性的现实描写的问题。

有影响力的辩论家和女权主义者索菲·艾德斯帕瑞，也就是埃塞尔德恼火了。为何"现代"是评价安·夏洛特·莱芙勒短篇小说集的最高评语呢？她很不解。巴黎某些圈子的这些言谈举止没什么好争取的。难道我们不是更应强调作家对求真所作的努力吗？她注意到书里的女主角们也都有求真的特性。同时，她很高兴地看到作家对那种纯粹的奉献毫无兴趣。这使得她认为安·夏洛特·莱芙勒恐怕和同时代的许多妇女一样，把真理放在母爱之前。

这些观点是在一个关于安·夏洛特·莱芙勒的《来自生活Ⅰ》的公开演讲中表达的，这也体现出莱芙勒当时获得的地位。艾德斯帕瑞此前发表过类似演讲，比如对亨利克·易卜生。安·夏洛特·莱芙勒在这个演讲之前自然是既好奇又紧张，但礼仪禁止她去聆听。塞克拉作为报道人员去了现场。我们不知道莱芙勒如何感受艾德斯帕瑞的观点。不管内容如何，她意识到，被评论是对自己书籍的最好广告。圣诞的销售季后，《来自生活Ⅰ》的第二刷也销售一空。

今日的文学母狮

"今年整整一年我只写了三篇小说和一出短剧。实在是太少了。"——女作家在 1882 年 12 月对母亲唠叨，这在一定程度上说明她对自己作为作家的要求。同时，她也注意到，作品开始受追捧。她把《上流社会的舞会》改编成独幕剧，题为《一个营救天使》。11 月交给皇家剧院。刚得到通知，他们接受了，会上演。借着短篇小说，她得到了有利的条件。

然而，实际上，很奇怪的是，安·夏洛特·莱芙勒其实没多少时间被允许写作。她还没从上层社会妇女琐碎的生活模式中解放。她告诉母亲关于夜餐、午前来访、聚会、绘画课、讲演以及最近在艺术家俱乐部的愉快夜晚，那是作家和演剧人员聚会的地方。这样的一个夜晚，她可以结合工作和娱乐，就像去剧场。大约一个月后，安·夏洛特·莱芙勒说，她将参与两个集市。她的时间实在分不过来。另一方面，她觉得大多很有趣，她搜集着所有可能有用的印象。比如，剧本《如何行善》，就将从一个慈善集市开始。

几年前，易卜生的《玩偶之家》让婚姻成了热门的讨论话题。对娜拉的那个在意识到平等的两个个人的生活梦无法实现后做出的，抛下丈夫和孩子的决定，人们有强烈的、不同的看法。1881年秋，易卜生另一部更具挑战性的戏剧《群鬼》上演。安·夏洛特·莱芙勒自然在这部剧作刚于书店出现时就读到了。她写信告诉母亲，不信有哪家剧院敢演这个戏，但保证会朗读给母亲听。她认为易卜生如今已走得更远了，可能代表了极左的一派。她自己觉得作品并不成功，不是因为它违背传统法规，而是因为觉得不那么真实，充满了制造的冲突。她没具体说明究竟指什么，但她已被挑动起来了，稍后，在长短篇《在与社会的战争中》，她将和易卜生正面遭遇。1883年春，亨利克·易卜生带着他的新剧《人民公敌》又一次来到斯德哥尔摩。3月中旬，安·夏洛特·莱芙勒异乎寻常地和她丈夫一起去看了。

在《群鬼》中，易卜生提出了妻子的忠诚能有多久的问题。能为阿尔文太太将自己的幸福放在婚姻职责之前的第一选择辩护吗？后来，她容忍和隐藏丈夫的放荡行为的决定对不对呢？此外，她怎会看穿儿子对同父异母的妹妹的迷恋？并且，儿子病了，因为遗传了梅毒。也就是说，易卜生在这里挑起的不仅是有关婚姻的论辩，而且是关于上流阶级性道德的双重标准问题。《群鬼》也引起了激烈争辩。

皇家剧院还演了一出戏，集中了这些抓住公众和个人注意力的热点问题。作者阿尔菲尔德·阿格莱尔是文学天空中的新星，很快会进入莱芙勒的朋友圈。在《被拯救》中，他用粗线条和浓烈的色彩进行了描绘。薇奥拉被五年的无爱婚姻折磨，在这场婚姻里，男人正是有着被易卜生痛骂的那种态度。薇奥拉的丈夫蔑视除自己母亲之外的所有女性。他生活豪奢，消耗着香槟和情妇。结果他有了一笔债须立即偿还，不然会名誉扫地。薇奥拉有一笔钱，数目可抵消丈夫的债务，但一开始，她拒绝帮他。钱将给予幼小的儿子。但儿子突然死了，她放弃了。丈夫得到了钱，她怀抱死掉的儿子离开家。经过一场危机，奥斯卡变成了谦卑和有见地的男人。他被拯救为社会的公民和有道德的个人。薇奥拉既拯救了他，也拯救了自己。

1882 年 12 月 18 日，也就是《被拯救》首演两天之前，安·夏洛特·莱芙勒在一张明信片上告诉母亲，她要创作一种全新的戏剧，全方位地表达自己。一个月后，她告诉母亲，她用三天时间写成了第一稿。这就是后来的《真正的女人》。很难知道，她在多大程度上受到阿格莱尔《被拯救》的影响。在这两出戏中有无法否认的相似性，但这也可能是当时社会的总体氛围的缘故，而非某出戏的直接影响。1883 年的 2 月 5 日，她将这出戏交给皇家剧院，很快得到积极回复。1883 年 10 月 15 日，《真正的女人》首演。

此外，1883 年春，安·夏洛特·莱芙勒集中考虑的是她的第二本短篇小说集。什么样的故事该收在新集子里呢？围绕着具有挑战性的小说《奥洛尔·邦赫》，她被迫要行动得讲点策略。这个短小说有一个很长的史前史——她一直忍着没拿出去发表。塞克拉却认为，现在是时候了。在莱芙勒的小说集被媒体接受后，她可以更勇敢些。安·夏洛特·莱芙勒却还是很在意新集子中不同作品间的平衡。作为对《奥洛尔·邦赫》的平衡，她把在朋友间引起强烈反响的短篇小说《孩子》收了进去。她也收入了《婚礼》，也是不惹人讨厌的一篇。这个集子中仅次于《奥洛尔·邦赫》的是《在与社会的战争中》，是她应和易卜生《群鬼》的副本。《来自生活Ⅱ》1883 年 5 月末出版。

　　在短篇小说《孩子》中，莱芙勒结合了关于一个很受欢迎、年仅 40 岁就去世的医生的记忆，以及易卜生的观点。就是说，很多聪明男人认为，女子天性中的小孩不可长大。取而代之，她被保留在一个发展台阶上，在那里，她是最孩子气的。带着心理的敏感，作品描述，这个工作辛苦的医生希望自己和妻子的生活是让他恢复精神的源泉。他很会关心人，也有好的意愿，但还是成功地一点一点地冒犯了她。女作家简单有效地反映了医生思想深处的父权立场。他生病后，过于替人着想，甚至把妻子排斥于病房外。夫妻的和解是充满爱的，垂死的医生意识到他以前做得多么不对。道德是能处于独立并感受生活，而不是被限制在温柔的臂膀里。

　　《孩子》中的话题选择、切入角度及构筑故事的方式，让人毫不怀疑作者自己对婚姻问题的态度。不过她并不是谴责这个保守又沉重的医生。她是要偷听和破译婚姻里的相互作用。作为对她的作品太接近生活的一个回应，她说，一个作家试图在发生的事件中尽可能地移情，也试图在外在事实基础上构筑一个内在的精神生活。

另一篇表明她的写作姿态的，是集子里最短的《婚礼》。在给埃塞尔德的信中，她表示，自己对脱口而出的想法保持距离。她的技巧娴熟，把两个主人公置于棘手的情形中。刚成婚的丈夫如何指点他年轻的妻子关于婚姻的肉体方面的事，而不会永远地摧毁她对他的信任？这个单纯的新娘让人想起《上流社会的舞会》中无辜的奥拉。这是一则带着黑暗底色的有魅力的小说，在这个作品中，她以常能引起喜剧效果的方式揭示了男女对照的经验。

《奥洛尔·邦赫》从一则有名的社会丑闻发展而来，不过，这是对原事件很自由的改写，是对上流社会妇女对平民男子的性意识的大胆又性感的描写。今日，我们可以想起 20 世纪初最著名的丑闻小说 D.H. 劳伦斯的《查泰莱夫人的情人》。这篇小说来自安·夏洛特·莱芙勒和塞克拉之间密集的对话。让人奇怪的是，塞克拉自己为何不写呢？她审定文字，对很多觉得有问题的细节加以评论。她对绝对准确的要求让人吃惊。更重要的是，塞克拉关于心理可信性和叙述技巧的讨论。比如，她指出，奥洛尔这样的上流社会女子，通过每个夏天在海边度假地的经验，肯定对海上的自然十分熟悉。因此这篇小说需要强调，现在，极大的自由和丰饶的植被在她看来怎么又会是新鲜的。最主要的是，塞克拉强调，读者须通过奥洛尔的眼睛去看整个自然。这也是安·夏洛特·莱芙勒贯穿全篇的内容。

奥洛尔和母亲在母亲所有的海岛上的孤独房子里消磨夏日时，到底发生了什么？上流社会名媛和乡间环境的遭遇，被作者栩栩如生地描述出来，透露了一种喜剧情境。穿着简单衣服、低跟鞋，戴着草帽，奥洛尔把自己投入了不同寻常的大自然中。她开心地体验着成长、繁荣、生活和享受的召唤。她明白自己正处于人生的夏天，如何利用这短暂的时光呢？

答案在一个小礁岩上。她和一名当地渔民一起扬帆去了那里。当她遇到那个独自住在礁岩上的灯塔管理人时，她意识到这正是她向往了一辈子的时刻。一场逼近的风暴让渔民把她和看管人单独留在了一起。在咆哮的风暴里，她投入了他的臂膀。在这里，她是个苍白、简单的女人，而他是个真正的男人。她为何不能爱他，让她整个的夏日梦一下子成真呢？读者明白，风暴持续了三天。其余的靠自己的想象来补充。

三天后，奥洛尔回到了自己的环境里。毫无疑问，她和灯塔管理人再无瓜葛，然而，很快，她意识到自己怀孕了。奥洛尔疲惫地接受了母亲的安排——母亲在女儿的求婚者里挑了个最需要女儿的钱因而可以容忍这个局面的人。

我们该如何理解这个故事？奥洛尔对灯塔管理人的回答提供了一个暗示——"是和你在一起的那头野兽让我害怕。"她说。也许，我们可以把《奥洛尔·邦赫》看作是对女性的性欲在19世纪80年代上流社会中所承担的角色的思考？对于像奥洛尔这样和传统捆绑着的女子来说，性欲一面有诱惑力，一面十分可怕，提醒她自己体内拥有的天然力量。她习惯于有完全的控制，害怕一切不寻常和吓人的东西。那无血的传统，冷嘲热讽的自私，毫无希望的死寂，在她看来，还是不如真实和自然的生活来得吓人。她对灯塔管理人说的最后一句话是易卜生戏剧《群鬼》里的：哦，没有勇气忠实和真诚是悲惨的。

　　《在与社会的战争中》是《来自生活Ⅱ》中另一则较长的短篇小说，描绘了一个女人，她没像阿尔文太太那样从不愉快的婚姻中逃遁。安·夏洛特·莱芙勒认为这故事可作为《群鬼》挑起的激烈争辩的一个重要补充。基本问题是对婚姻的看法。婚姻是该被看作有约束力的义务，被教会批准的圣礼，还是说，是为了个人的幸福和个人对真理的需求？

　　作者通过阅读斯宾塞的一本有关社会的著述，阅读另一本关于劳动问题的书，以及阅读约翰·斯图尔特·密尔来准备她的短篇小说。她已考虑好整个情节。塞克拉收到一份说明：女主角就是在《上流社会的舞会》上受伤的奥拉。因为害怕爱情，她嫁给了一个保守的部门领导。十二年后，她有两个孩子，生活在一种信仰中，就是说，她对丈夫的平静感情是建筑婚姻的最好基础——这是作家本人在自己的体验中可获取的情感。可奥拉的生活被来到他们家的一位家庭教师打乱了。他年轻，充满激情，有自由的想法，是个热衷于改变世界的社会主义者。

家庭教师这个形象从几个当时的激进思想者那儿截取而来。安·夏洛特·莱芙勒想让他成为现代社会运动的代表。他将用从激进的有关婚姻的社会大辩论中提取的观点说服奥拉。莱芙勒这么想：只有爱，没有外在的连接，才能使关系真纯。但并不是婚姻本身首先使得她感兴趣。取而代之，她想探讨的是结果，假如一个母亲，在婚姻中得不到满足而离开婚姻的话，对孩子会有什么结果。于是，她挑起了这个易卜生在《群鬼》和《玩偶之家》中都闭目不见的问题。对一个现代读者来说，这是个依然存在的幽灵问题。

和《群鬼》这一易卜生的复杂并具挑战性的戏剧相比，《在与社会的战争中》是个有力而有重点的故事。虽然莱芙勒尽力要在奥拉的发展上制造一个戏剧化的有力标识，但却让人觉得奇怪地贫血。也许是她对不偏不倚的渴望耍弄了她。她不想建构什么理论，她给予不同的立场尽可能好的防卫。所有的故事演绎者都在同样清冷的灯光下出现。只是一些关于奥拉和孩子们关系的快照是真的感人。这里缺少《奥洛尔·邦赫》的强度，在《奥洛尔·邦赫》中，安·夏洛特·莱芙勒释放了自己在自然上狂喜的经验，也演绎了自己被压抑的色情向往。

对《来自生活 II 》的接受态度是混杂不一的。她没像自己担心的那样在书评里被处死。但一致的好评也没有了。现在，争斗永远围绕着她的名字，无论是在媒体，还是在熟人中。小说集激起了强烈反响，斯德哥尔摩的女士们回避在街角和晚宴上撞见这个惹人注目的女作家。

支持她的，有三位全国顶级的批评家，瓦伯格、杰耶斯塔姆和罗宾松。瓦伯格赞扬了埃德格伦太太制造快乐的能力；关于她对主题的选择，他相信，她用犀利的目光、真实和对本质的感知，描绘了当代的奇特现象。《奥洛尔·邦赫》没让他们中的任何一个失望。瓦伯格认为这个故事吹来了新鲜空气，清晰地表明这样的事真会发生。杰耶斯塔姆说，她还没写过比这更完善的。

在这三个批评家那里中，她也得到对她的客观陈述法的肯定。杰耶斯塔姆写道：埃德格伦太太的方法基本是分析式的，同时，她从未开始写什么论文，好像要证明什么，或是给故事加上某个倾向。他也高度评价她对事实的关系平和与公正的展示。瓦伯格强烈反对关于作家描绘了一位激进家庭教师并站在家庭教师一边的说法。他相信，让作家和她的英雄结盟的愚笨方法可以休矣。

他们三个都看到女作家的方式在她和读者的关系中意味着什么。瓦伯格强调埃德格伦太太这么写是为了激起反思，读者自己可以得出道德观念。罗宾松也有同样的看法，他相信，读者的良心可让他们选择自己的道路。杰耶斯塔姆感激地指出，她从不诉求于读者的喜好，很少诉求于他们的能量和感情，而几乎总是诉求于他们的反思。这是很有个性的。这里存在着新旧哲学间的差异。于是，这有关新的自己的姿态，而不只是故事的内容。

用某种科学工作者的发现方法来呈现当今现实的不同方面，而不表明自己是同情还是反感，这正是保守文化观念的支持者不能忍受的。当古斯塔夫·福楼拜在1857年因《包法利夫人》里的道德问题惹上麻烦时，其实也正是这种处心积虑的客观表述法被审判。不标明自己的道德上的批判就会被看作犯罪。二十五年后，在瑞典，给安·夏洛特·莱芙勒带来启发的福楼拜的方法仍被视为划时代的。在短篇小说《孩子》中，莱芙勒就将福楼拜的书作了个标记：医生立刻将《包法利夫人》从好奇的妻子身边拿走了。

相反，医生的行为得到了瑞典学院常任秘书卡尔·大卫·af·维尔森的喝彩。他相信，文学可以是危险的毒药，他认为《来自生活Ⅱ》写得很好，所以，也很容易将危险的东西裹挟在总体的看事物的方法里。他流露的是忧郁的解读。凭借诗意的才华、分析的才能和广博的阅读，维尔森完全有能力成为乔治·布兰德斯在瑞典的一个对应者，也因此成为瑞典现代主义的指挥官。相反，他花了四分之一世纪的时间成了瑞典文学中的一个反动势力。他对《来

自生活 Ⅱ 》的评论可读作指向他讨厌的文学的声明。他站在旧宗教和习俗的一边，抵御狂热的左派和解放了的女性的袭击。

毫不奇怪，作家被激怒了。在给艾伦·凯的一封信中，她显得既生气又受伤。维尔森显然站在和她完全对立的立场上，她强调，他不公正的误解刺痛了她。被看作一大批受尊敬的人中的一个非道德的使徒，是件难事。她认为，如今，她真是需要朋友。

艾伦·凯很忠诚。维尔森的评论让她过于生气和狂怒，产生了鞭笞他的愿望。她对他的审判的每一分子都反感，而她对维尔森的愤怒让人耳目一新，她认为：维尔森越是批评安·夏洛特·莱芙勒，莱芙勒越是应该觉得安全，因为他的袭击总是和他在某个作家那里发现的独特性、才华和未来有直接的关系。

埃塞尔德所持的立场也很重要。她谈到安·夏洛特·莱芙勒至今显示了对自觉的妇女运动的最大尊重。读了这本书之后，她承认很难与《奥洛尔·邦赫》保持和平。这个主题是那么恶心，她很恼火，这竟然还是一个女人写出的。也许她有偏见，她写信告诉莱芙勒，这种感觉难以抗拒。后来，在一篇书评中，埃塞尔德表明了自己在"爱"这个问题上的看法。读者必须明白在"丑陋的做爱"和"忠实的礼貌之爱"之间的差别。此后，她在文章中也对绝对的"色情之爱"和"最高的或者说道德之爱"加以了区别。她认为，奥洛尔和灯塔管理人爱的相遇，意味着对奥洛尔女性气质的自愿违反，本该由作家给予严厉警告——就是说，一个教鞭。

埃塞尔德当然明白奥洛尔的故事包含对上流社会错误道德观的批判。但读者真能肯定作家自己的道德立场吗？为何她那么谨慎地躲在背后？她总结道，过错在于现代的写作方式。要是你走得太远，就会危险。埃塞尔德表达了福楼拜的对立面曾表述的焦虑。

对埃塞尔德来说，问题在于，这个表达姿态不仅在于结尾，而是贯穿整个故事。在对奥洛尔·邦赫的绝望的冲破尝试中，莱芙勒加入了自己的，与一个自己不完美婚姻之外的男人，有更肉体、更色情的结合的盼望。这一点，埃塞尔德和维尔森都感觉到了。两个人都认为女性的性欲不该在文学中被描写。也许作家自己没意识到，她的关于奥洛尔·邦赫的故事有多暴露。不管怎样，她不想对埃塞尔德承认。圣诞期间，她对埃塞尔德意见中友好、关切的调子表示感谢，希望埃塞尔德能继续感兴趣，而她自己，把对妇女心理问题的贡献看作女性作家的主要任务。在这个说明中，能看到安·夏洛特·莱芙勒对瑞典妇女运动的拒绝的开始。在《一个夏天的童话》和《爱》中，她将嘲笑她看到的道德清教徒主义。文学作品的内在信息和倾向在 19 世纪 80 年代的批评话语中将是一个核心问题。这一词汇逐步会发展为特别是针对女作家们的谩骂。

不过，现在，距离安·夏洛特·埃德格伦夫人用自己的真名发表作品不过才一年半。她的第一本短篇小说集轻易得胜。第二本激起了强烈和冲突的情绪。她体验这些肯定不愉快——更别说古斯塔夫·埃德格伦所作的一切了。不过，对作家生涯来说，还有什么比强烈的反应和仔细的分析更好的呢？一个地方报纸上的广告揭示了她在1883年秋的地位，在那里，她被称为"今日的文学母狮"。

舞台内外的戏剧

这一年最大的戏是塞克拉·霍德贝里造成的。安·夏洛特·莱芙勒借与女友的书信密集地参与了这出戏。她甚至读过塞克拉情人的信。1月，塞克拉同意了卡尔·古斯塔夫·阮格尔伯爵的求婚，这个人是塞克拉在频繁的延雪平访问中结识的。他是贵族、骑兵上尉和出名的马学专家，无可否认，他已婚，有半成年的三个孩子，但他计划马上和他的奥地利妻子出国，尽量掩人耳目地离婚。他在感情上的绝望让塞克拉相信，他必须结束这个折磨着道德和身体两面的婚姻。阮格尔认为，即便孩子也会因改变受益，并且，他们必须始终能在父亲家里受到欢迎。塞克拉觉得，大概最好是如此。她自己在不和谐的家庭里长大，明白这意味着什么。

最麻烦的问题是经济。阮格尔热衷于给儿子准备成为官员的教育资金。那么，他和塞克拉靠什么过日子呢？阮格尔从事马的育种工作，有一定新闻工作经验。很快，他的书《爱马者指南》也在瑞典一家大出版社出版了。但这本书赚不了足够的钱。此外，阮格尔还欠了债。塞克拉毫不犹豫地想用母亲的遗产来拯救阮格尔，使其免于破产和丑闻。她的兄弟姐妹们反对。塞克拉变得越发绝望。对她来说，这是个生与死的问题。春天，在国外的旅行中，她除了阮格尔的经济问题，根本无法考虑别的。在安·夏洛特以及始终乐于助人、如今已是瑞典顶级律师的路德维克·安奈斯泰特的帮助下，塞克拉得以及时获得至关重要的一笔钱款。

事实上，有才华和激情且争强好斗的塞克拉正处于特别脆弱的处境里。这并不特别，这正是很多她这一代妇女处境的表现。1883 年，她年满 32 岁。没接受过教育，没有属于自己的房子。年轻时，她梦想过成为某个自然科学领域的学者。可她甚至都没能参加师范课程的培训——那本来或许能给她一定的知识和需要的自信。她只是母亲在家族的榛树岛庄园里的陪伴，以及她死去的姐姐雅尔达的孩子西格瑞德和埃瑞克·斯帕热的家庭女教师。

她母亲去世后，塞克拉就和孩子们一起搬到了乌普莎拉，在那里，孩子们的父亲对她格外不好。古斯塔娃·莱芙勒的家成了她的避难所，约有三年，这两个女人几乎天天在一起。塞克拉的落脚点现在是威克，这是西格奈和汉宁·汉密尔顿在南曼兰的产业，在这里，塞克拉照顾 5 岁的帕西。然而，汉密尔顿们对阮格尔的整个情况震惊而恼怒。至于塞克拉，她难以掩饰对汉宁的厌恶，感觉他既没想法也没能力。一个妹妹和小姨子的角色很麻烦，她抱怨。她对小帕西的职责到底又是什么呢？他有自己的妈妈。她在威克的生活就是对灵魂的谋杀。

安·夏洛特·莱芙勒鼓励塞克拉写文学批评，这对一个既聪慧又读过很多书的女子该是手到擒拿的事。可塞克拉不愿意。她认为自己的知识不够——这是典型的、女性习惯性的对自己能力的低估。甚至，她反对和怀疑自己看到的、围绕在她周围的平庸文学。她相信更机械的工作也许对她更合适，也许她可以做女店员或在办公室干活。

婚姻当然早就可以给塞克拉稳定的社会地位。求婚者并不缺，然而，可能是因为和阮格尔的交往，塞克拉对其他男人毫无感觉。现在既然关系已为人知晓，她也就不再犹豫对他的感情。然而，她混杂着大度和自我否定的情绪，打算给他自由。她确实尽可能地让他维护自己对家庭的职责，她保证，她也给了他所有能想得到的可摆脱她的逃避所。

大胆和心直口快的塞克拉隐藏着她的悲哀，但有时还是会流露。在又一次的艰难冲突后，她给安·夏洛特写信：

自打我还是个孩子，自杀的想法就笼罩着我，每年不期而至，但一定会像一个朋友阻止我于绝望。

1884 年 2 月中旬，塞克拉的父亲在访问威克时去世。这是塞克拉启动的信号。她移居斯德哥尔摩。

她告诉安·夏洛特·莱芙勒，自己和阮格尔见面更频繁了。这是非常快乐的时光。然而，阮格尔的妻子拒绝离婚。于是，塞克拉决定无视法律和传统，陪阮格尔出国。这完全与时代的现代理念同调，她看不出婚姻和自由结合间的区别。假如阮格尔想抛弃她，有没有结婚都一样容易。她相信——她想的或许对——假如她抛弃他，他会一蹶不振。据塞克拉描述，阮格尔非常抑郁。将来会怎样，他们拭目以待。5 月初，塞克拉离开威克，要过好些年，她才能回来。辗转之后，这对情人在维也纳郊外安顿下来。渐渐地，他们的生活有了眉目。两个人都开始书写。他们有了伙伴。他的儿子们来拜访。经济重回正轨。阮格尔的《爱马者指南》卖得不错。1885 年 7 月，塞克拉告诉安·夏洛特·莱芙勒，她和阮格尔忠实而全面地分享工作和快乐，每一天都越来越亲密。他俩在阮格尔自我放逐七年后结婚，他们的共同生活持续到 1904 年阮格尔去世。

在塞克拉和阮格尔爱情故事的背景下，1883 年秋，安·夏洛特·莱芙勒写了一则短篇小说，用的是一个具有挑战性的标题《女性的气质和性欲的诱发》。出发点是塞克拉在乌普莎拉和古斯塔娃的紧密联系，以及莱芙勒自己希望哥哥尤斯塔和塞克拉结婚的愿望。她先前对尤斯塔挑选西格奈·林德弗斯深深失望。1883 年 11 月，她写信告诉批评家罗宾松，想处理性欲和妇女的智识发展问题。让她特别困惑的是，为何优秀的男人通常是爱上未发展的、微不足道的女子。

《女性的气质和性欲的诱发》的三个主要人物是塞克拉、母亲古斯塔娃和哥哥尤斯塔的贴近画像。这篇小说是有关安·夏洛特·莱芙勒如何公开和不加掩饰地描写和她相关的人、真实事件及当时理念的有趣样本。情境的轮廓当然是轻易被掩盖了。地点搬了。姓名自然被更换：莱芙勒太太、尤斯塔和塞克拉变成了罗德太太、理查德和阿莉。媒婆的角色给了女儿伊达，是伊达试图把阿莉和理查德尽可能拉拢在一起。然而，伊达其实已在三年前死去，在小说里并不存在，就像兄弟弗瑞兹和阿瑟。叙述人也不可见，对应了安·夏洛特的客观描述法。

焦点在罗德太太和阿莉的关系及她俩对理查德的共同兴趣上。理查德在小说中不是什么数学家而是一名官员。罗德太太被描写得十分可爱。她的弱点是，她总带着一丝怀疑看阿莉。她学着喜欢上了阿莉，但还是不情愿这个人做自己的儿媳。对这样的观察，古斯塔娃大概没什么好辩解的。然而，小说里的一个个事件是否真实并不确定。

阅读莱芙勒一家的通信可清楚地看到，理查德有许多和尤斯塔·米塔格-莱芙勒一致的特征。他和母亲联系特别密切，幼稚地以自我为中心，事业成功，被他遇到的女人们的注目宠坏了。这幅图画并不怎么讨好，让人好奇尤斯塔对小说的反应。有关这样的内容还未被发现，也许是因为他做出的批评是口头上的——这对兄妹当时是邻居。

阿莉的性格和塞克拉很近。作家捕捉到了苛刻的聪慧、负责的脆弱、独立性和有道德的勇气，感觉就是按她朋友的个性来塑造的。来自塞克拉的有趣评论表明，她并没有被这过于接近的画像惹怒。她写道：话题奇特而有趣。

带着这么三个角色，安·夏洛特·莱芙勒通过无情的后果构筑了能抓住读者的故事进展。当理查德久居国外后回到家，母亲和阿莉同样地充满期待。理查德在家时，母亲和阿莉都尽了最大努力来满足理查德的每一个最细小的要求。同时，阿莉对理查德关心得无微不至，努力询问理查德的观点和习惯。理查德有些困惑，但他越来越依赖阿莉的陪伴，他还是第一次从一位女性那里受到批评的阻力，强迫他证明自己言论的正当性并纠正匆促的说法。阿莉从各方面来说都是和他平等的成年人。他意识到，阿莉做自己的妻子会比其他任何他认识的女子更具丰富的意味。他向她求婚，但被拒绝了。不久，他和一个在度假地认识的挪威女子订婚。理查德给母亲披露自己罗曼史的内容和尤斯塔谈论未婚妻西格奈·林德弗斯的内容如出一辙。

然而，阿莉为什么要拒绝理查德呢？一个理由是完全的无私。阿莉认为理查德需要一个恬静的、有更多钱财的太太。不过，最为重要的是，她是不妥协的，她自然愿意为丈夫做一切，但同时，她怀疑这种可能性。正因为她爱理查德，她不敢和他在生活中结合在一起。当她遇到理查德的未婚妻时，她看到的是一个天真的，在爱情里感到安全的年轻女子。这样的快乐只属于一个还没咬过知识苹果的夏娃，阿莉相信并懂得，这种无辜对男人有魅力。阿莉还不能克制自己不去品尝知识苹果，她愿意是怀疑的。

在《女性的气质和性欲的诱发》里，安·夏洛特·莱芙勒提炼出她观察到的方方面面，并将它们置于对当时典型而未过时的困境的充分讨论当中。一个有知识、有创造力的无比正直的女子，如何统一她对爱的冲动以及对一间私人房间的需求？力量和独立会让女人在其他人——有知识的男人——眼里减少魅力吗？ 1883 年秋天，她对这些问题丢出一个开放的答案。对她自己来说，她将很快找到答案。

《女性的气质和性欲的诱发》1883 年 12 月和先前发表的短篇小说《古斯藤当上教区牧师》一起收在《来自生活Ⅲ》里出版。一位评论者早先已称呼这篇伤感的类型图是一幅诗意的现实描绘的杰作。现在，他又夸赞那带着忠实和爱描绘出的、观察到的真实生活图景。另一评论者谈到，现实主义是个安慰，也是给人希望的。故事描绘一位上了年纪的母亲和她的三个未婚的女儿，她们生活在贫穷的状况中，始终希望那个已 65 岁的唯一的儿子能得到一个带牧师宅邸的教区牧师职位。他们的性格和相互关系以准确的细节、柔情与讥讽的混合被暗示，让人联想起安东尼·契诃夫短篇小说艺术。张力曲线很有效，因为读者得等上超过一半的篇幅才等到主角出场。当时的性别权力秩序显而易见，并通过文本中母亲和女儿们共同的、对唯一的男人的聚焦体现出来。遗憾的是，古斯腾无论作为一个社会人或牧师都很无能，他永远不能获得一份教区牧师的职务。然而，这位母亲在对这长期向往的幸福的幻想中死去。如今的读者很难看出这故事中有什么安慰和希望，也许只是在四个兄弟姐妹对老母亲的关心。

《女性的气质和性欲的诱发》让男性批评家很困惑。毫不奇怪，是艾伦·凯在一篇文章中特别提出这篇小说在思想内涵上有独创性和前瞻性。她认为，这篇小说表现的是时下很关键的两大潮流的冲突。一方面是关于婚内爱应意味着双方完全的喜爱和情色的激情，另一方面，现代女性希望在婚姻中能保护她们自己的、发展的个性。被解放的当代女性知道自身的价值，希望因内在的个性特征被爱，凯继续说，否则，她宁愿保持独身。当她描述阿莉是个当代女性时，她指出，批评的眼光让理查德（和尤斯塔）以及很多其他的男人害怕，那时以及以后：

在这个意义上她是当代女性，就是说，她有反传

统的见解并能公开地表达；她明白什么是自己想要的和感受的；她既批评他人也批评自己。

在 1883 年 10 月于皇家剧院首演的《真正的女人》中，安·夏洛特·莱芙勒用另一个亲密朋友——考奈莉娅·帕尔曼作女主人公的原型。在这个戏中，她也挑战了当时的传统思想和行为模式。她在 5 月里给在娘家领养的弟弟维克多·劳伦写信表示，在这部戏里，她不打算激起同情和制造幸福。而是激发争斗、撕扯、担忧，并扰乱人们的平静。她呈现的是帕尔曼一家几年前发生的一场经济冲突。这场冲突表明，19 世纪 80 年代早期的妇女经济状况问题已是一触即发。

考奈莉娅和父母住在一起，是家中唯一挣钱的人。她到了法定年龄，可自行决定她的生活和财产，而这种权利，她的母亲和已婚的姐姐却没有。一名已婚妇女在法律上还是无能的，被置于丈夫的霸权下。有那么几年，妻子婚前的所有存在作为私人财产的可能，但这种做法在保守圈还是遭到质疑。考奈莉娅的父亲是个生意人，已多次把家人置于经济的试炼之下。三年多前，考奈莉娅的外婆去世，遗嘱跳过女儿把财产直接给了考奈莉娅。因为得到圈内熟人、那个始终助人为乐的路德维克·安奈斯泰特的帮忙，这笔遗产父亲没法染指，考奈莉娅的姐夫和雇主斯密特教授也不能。不清楚那位父亲是什么样的反应，反正斯密特教授是气疯了。

这小说让作家成了个心理惊悚片作者，在这里，她开发了在法制文化中发现的张力。这意味着价值和态度的网络可影响个人对法律制度的接受。比如说，传统的关于真正的女性的概念是如何被男人用来控制妇女，并侵犯她们的法律权益的呢？妇女自身具有的这种女性观，是如何成为她们作为个体发展的绊脚石的呢？通过戏剧，她挑战观众，让他们思考有关"真正的女人"这个概念。她针对现行的性的双重标准加了一个挑衅的角色。她用一个非传统的、另类女性来总结。女主角贝塔是一位现代新女性，同《女性的气质和性欲的诱发》中的阿莉比，又是另一种风格。

《真正的女人》在1883年10月15日于皇家剧院公演，以《一个营救天使》做开场戏。就是说，现在，安·夏洛特·莱芙勒得以执行她从前就有过的想法，把两出戏放在一场表演里，以此反映她写作的不同方面。《一个营救天使》作为《上流社会的舞会》的一个浓缩、戏剧的有效处理结果，是个了不起的成功。混合喜剧和凄美的情境及犀利的对话，这出戏在很长时间里将是皇家剧院的保留节目。它给沉重的主打剧一个推动力。《真正的女人》的领衔主演都已很熟悉安·夏洛特·莱芙勒的戏，他们把这出戏的舞台可能性处理得很好。

《真正的女人》因此是一出挑战的戏剧，强调的是敏感的现实问题。最中心的、一触即发的冲突在贝塔的父母之间。母亲巴克太太，曾带给婚姻一笔全家人可以赖以生存的财产。因为男人的无能和淫乱的生活，原始资产没了，如今，他们生活在贫困之中。唯一的经济来源是贝塔在银行的工作报酬。巴克太太也不得不忍受丈夫的不忠，她的指导原则是饶恕的爱。一笔女性亲戚的遗产提供了巴克太太一定的经济保障。借助银行男同事的帮助，贝塔劝说母亲签署一份文件，把钱绕过父亲转移到自己手中。巴克太太很犹豫，她的反应显示了实际法律和控制她的法律文化之间的差别。她真可以对丈夫做这样的事吗？她抱怨自己不懂法律和司法，但她觉得过去正确的就还是正确，不管人们怎么按他们的意愿更改法律。在犹豫了很久之后，她真的在贝塔拿来的文件上签名了。可当她丈夫回到家，需要支付赌债时，她成了他可以轻易操纵的一个牺牲品。

在巴克夫妇的争辩中能听到那时许多家庭的争论的回声。在这对夫妇的解决办法中，作家凭借漂亮的心理敏感捕捉到了男人允许他们自己拥有的那个专制手段。巴克开始用一种权力语言，那里混杂着讨好、威胁、膨胀的自满。当他意识到，妻子在法律帮助下采取了行动，他开始防卫：

这是卑鄙的法律！看看，这些现代的解放思想都带来些什么！一个婚姻和家庭的完全解体。你说话就好像妻子和丈夫是敌对的两方。

当他最后充满自怜地威胁要自杀时，他妻子心软了，撕毁了捐赠书。巴克胜利了："你是个天使，茱莉，一个真正的女人！"隐含的、交给了观众的问题是，假如一个妇女在婚姻冲突中要求自己的合法权益，她就不是真正的女人了吗？

这个戏剧设置的第二个问题是，一个"真正的女人"对她的未婚夫及将来丈夫的性滥交怎么办？这是个极其紧急、严重泛滥的问题。据警察估计，斯德哥尔摩那时约有七百名妓女。贝塔的姐姐利西斯打算忽略丈夫魏海姆的轻率举动，以便保全他的爱和自己作为已婚妇女的地位。她不该这么做——在悔恨突然袭来时，他丈夫这么说。他表示，自己过了一种不道德的生活都是妻子的错。他自己显然并没有欲望。最后，表现为他其实对妻子非常满意，她是个真正的女性，她让他愿滑倒几次就滑倒几次。

按魏海姆的理论衡量，19 世纪 80 年代的女性对自己的性欲很难处理。未婚女性被期待是干净的，就是说完全无知且对情色不感兴趣。婚后，她必须是丈夫的道德导师和监护人。在这样的气候中，有多少女人胆敢冒着被归类为堕落女人的风险，肯定自己的欲望呢？性欲不是好女人能表现的。但妻子的被迫的性冷淡一定在当时的婚姻中引起了很多困难。

在第三幕也就是最后一幕，观众将决定贝塔到底是何种女性。在第三幕中，她谢绝了朋友兼同事的求婚，那个好职员提出可以养她，保证给予关心和忠诚。虽然，她先前宣称过自己永远不会离开母亲，但贝塔的拒绝一定还是让观众很吃惊，众所周知，绝大多数女性愿意也需要被供养。这是否意味着她不像个女性？安·夏洛特·莱芙勒表示，在这个意义上她不认为自己激进：她并不想剥夺女性的某些特征，而是想改变女性对主要任务的看法。取代忍耐、受苦和顺从，女性须学会在生活中积极地处理和干预。这正是贝塔所做的。她把对母亲的赡养义务放在自己的幸福之前，主导她的是对母亲的爱。

可以将这个戏的结尾破译为对考奈莉娅·帕尔曼及她支持的女性身份的赞美，也可把文本读为女作家作为一个书写的、越发独立的女性的自我身份的陈述。

也许是因为这种潜在的教育作用，许多男人禁止他们的妻子去看这出戏。这些男人担心他们的妻子会看穿男人们的抑制术吗？还是妻子们会被贝塔这个新时代真正的女人的样板，一个当代女性所影响？艾伦·凯相信安·夏洛特·莱芙勒的《真正的女人》在已婚女性财产所有权上的影响比在此问题上已做了长时间工作的组织更大。

第六章

和朱丽亚的旅行：1884 年

哥本哈根

"是呀，假如我有钱，我知道自己要做什么！"安·夏洛特·莱芙勒写信给她的朋友兼弟弟维克多·劳伦，1880年冬，他正在芒通调养身体。当他正为被迫的旅行受折磨时，她却对旅行渴望得要死，她向往走出斯德哥尔摩，去看看美好的世界！旅行和自己的写作与阅读一样，是她通向发展和自由的路。但家庭经济状况不允许太多的旅行，她那富裕的公公把钱抓得很紧。

但在 1883 年 8 月，情况不同了。她得到了出版社支付的两本小说集的款子。此外，还得到皇家剧院付给《真正的女人》和《一个营救天使》的报酬。她将有可能支付一个期待很久，开销约 3250 克朗的旅行；相当于今日的 23000 美元，足够旅行很远。从此以后，她将一直用自己的收入支付旅费。

然而，这旅行什么时候能开始呢？春天她走不开，那总是古斯塔夫身体不佳的日子。也许他对花粉过敏？这时，他会有心脏病症状。但在 1884 年新年，作家显然还是决定，古斯塔夫可以自己照顾自己。

2 月 18 日，她将在晚间乘火车离开斯德哥尔摩到哥本哈根，要在七个月之后才会完全返回。她本人和她的作品都须跨过瑞典边界。现在她希望能联系翻译、出版人、戏剧界的朋友，不仅在丹麦，还有德国、英国和法国。她带着亲友们的介绍信，可联络到欧洲各方面的有趣关系。

不过，她此行还有另一个目的。她计划学习社会主义，她给维克多·劳伦写信谈到自己的旅行，说她有一封给德国领袖乔治·冯·渥尔玛的介绍信。是她新结识的朋友索菲娅·柯瓦列夫斯卡娅安排了这个联系。朱丽亚·谢尔贝里，围绕着卡拉·科尔曼的那群人中的一个，是莱芙勒的旅行同伴。对这两个女性来说，旅行将引向革命性的个人会晤。

在哥本哈根，女作家安·夏洛特·莱芙勒非常吸引人。《真正的女人》在丹麦比在瑞典更引人注目。从她下火车开始，就被拉进拜访、午餐、晚宴和剧院访问的漩涡。在那里，她和老友重逢，也有了很多可以切磋砥砺的新相识。

在这些人中，她认识了自由学派领袖亚当·豪赫，他给她留下了深刻的印象。她觉得，很少能遇见这样一个生动、温暖、机智和让人愉悦的男人。他事实上已婚，是一个大家庭里的父亲，但他会在接下来的岁月里对她的生活产生重大影响。

显而易见的联系是安·夏洛特·莱芙勒的丹麦出版商，金色山谷出版社的弗莱德雷克·黑格当然请她出席了晚餐。她遇到了出色的演员、戏剧界人员和作家们。其中之一是奥托·博驰塞纽斯，他是左派喉舌杂志《外头和家里》的编辑。在接下来的几年里，和博驰塞纽斯的联系使他们合作于当代瑞典文学选集的丹麦语翻译。她也遇到了赫尔曼·浜，一名年轻的评论家，新近因为他的第一本小说《无可救药的家庭》引起了注意。

不过让安·夏洛特·莱芙勒最感兴趣的还数乔治·布兰德斯。让她高兴的是，他也来拜访了，还说，在他看来，《真正的女人》比她的小说更有价值。两天后，她在他家进晚餐。她在日记中说，会面特别有意思。只是看不到具体讨论了什么。布兰德斯那几年在柏林居住，正在准备一本关于德国首都的书。他对她计划拜访的乔治·冯·渥尔玛充满钦佩。第二天，布兰德斯和安·夏洛特·莱芙勒一起去丹麦的皇家剧院和经理讨论上演《真正的女人》的可能性。

然而，为何安·夏洛特·莱芙勒写信给母亲说，她在哥本哈根恐怕比在斯德哥尔摩更能得到无限的关心和有效的关系？丹麦的文学环境真是那么不同且更有刺激吗，还是说只因为新奇？对她而言，是否只因为篱笆另一边的青草更绿？她也许对自家的一切盲目？比如，为何她能拜访一个丹麦女作家，却不去找在斯德哥尔摩与她只隔了几个街区的，和她相当的瑞典女作家艾米丽·弗里嘉乐·卡尔连？也许她只是需要逃离局限的，被家庭和朋友所控制的生活。作为瑞典这样一个小国的作家，她自然有权让自己在兄弟国家也出名，借此可拓展他们小小的国家并改进作家的写作条件。

德国

一个高度忙碌的星期之后，安·夏洛特·莱芙勒和朱丽亚·谢尔贝里继续前往汉堡，然后是柏林。这接下来的五天里，他们的行程里也排满了各种见面、晚餐、观看剧院表演和参观博物馆。和往常一样，莱芙勒是个积极投入也相当挑剔的剧评人。她没在日记上记录艺术体验。但很显然，她和朱丽亚热衷于看到当前的著名艺术家的作品。在哥本哈根，她们看到斯蒂方·辛丁被批为感官现实主义的雕塑《野蛮女人》。在柏林，她们看到汉斯·马卡特的一幅浮夸的讽喻画。乔治·布兰德斯认为国家美术馆买下这幅画是年轻的德意志帝国投资文化、抬高柏林地位的象征。两位女士也趁机去了柏林旧博物馆，那里有帕加马雕塑。

皇城柏林因为笔直的街道、麻木的学校建筑和军营显得谈不上妩媚。安·夏洛特·莱芙勒和她的女友更喜欢德累斯顿。这是个友好的城市，人更亲切，空气更开心和自由。德累斯顿也是一座文化古城，在那里你可以浸淫在德意志文化史中。在和煦的春天里，她们在市内兜游，赞叹中世纪的街道，巴洛克和洛可可式的宏伟建筑。此外，她们找到了一家旅馆，可以比在柏林住得更便宜、更舒适。

不过，最重要的是，每天和卡尔·斯诺伊尔斯基，他的太太爱芭，还有乔治·冯·渥尔玛在一起。渥尔玛是德国社会民主党的重要人物，而斯诺伊尔斯基早就被看作瑞典著名的诗人之一。前一年夏天，斯诺伊尔斯基写信给安·夏洛特·莱芙勒，表达了对她的两本短篇小说集的钦佩。他相信，它们是投在一个艺术形式里的独立而有力的精神的观察。他最喜欢的是《上流社会的舞会》。

斯诺伊尔斯基夫妇都给作家写过邀请信，欢迎她到德累斯顿。这可以看作他们的好客，也可能是一种和祖国联系的需要。同时，这也是安·夏洛特·莱芙勒作为作家的声誉的一个被恭维的标识。可以想象她也十分好奇。斯诺伊尔斯基结束第一段婚姻，成了一出丑闻，这在莱芙勒的圈子里一直是个话题。让她感兴趣的是，这和塞克拉的情形有些类同。现在她对斯诺伊尔斯基的婚姻有了一瞥，看来非常和谐，她认为找到了一个她心目中的理想模范：婚姻是共生关系。他们真是彼此不能缺少，夫妇俩于外在和内心都彼此分享。

斯诺伊尔斯基到德累斯顿是为了工作。选择德累斯顿是因为这里是德国激进的工人运动中心。1884年，斯诺伊尔斯基形成了想在诗歌中表达参与社会的社会观，他盼望在新教基础上的社会改革。一天晚上，他给来自瑞典的女性朋友们读了首新诗，题目是《一个主权》。这是感伤但具有强烈同情的，对伦敦大部分居民陷入的深度贫困的描写。他也朗读了一些强调上层社会的奢华依赖于很多看不到的辛苦劳作的诗歌。安·夏洛特·莱芙勒则朗读了她的社会剧《如何行善》的第一稿。

甚至斯诺伊尔斯基也喜欢乔治·冯·渥尔玛的理想——安·夏洛特·莱芙勒写信这么安抚母亲。在欧洲的布尔乔亚圈子里，这可是个富于挑衅的相识。在德国，百分之八十四的人口生活在贫困中，希望通过工人运动进入一个经济、社会和文化的转型。这当然威胁着上层社会的特权生活。冯·渥尔玛自己出生于贵族家庭，但如今他是新近形成的社会民主党领袖。他和其他许多人一样进过监狱。但在1884年，他是萨克逊州议会成员，也是他的出生地慕尼黑的成员。从好战的激进分子到改良派，他直言不讳地反对一切暴力行动，希望逐步提高生活水平。

朱丽亚·谢尔贝里分享安·夏洛特·莱芙勒对社会问

题的投入，她有意于秋天在苏黎世学国民经济。对这两个朋友来说，有冯·渥尔玛真是太合算了。从他那里，她们真可以找到想了解的关于激进的德国政治的一切。冯·渥尔玛很愿意和她们分享知识和观点。安·夏洛特·莱芙勒认为他是个饱经沧桑的人，有英俊的外表和让人喜爱的姿态。在他的生活和性格中有一种异乎寻常的高贵。他是一个完全为他的理念活着的人，没有个人野心，且为了理念牺牲了自己的财产。

在德累斯顿停留的后期，冯·渥尔玛流露出对朱丽亚的特殊兴趣——安·夏洛特·莱芙勒在日记中记录。在对德累斯顿的拜访后，朱丽亚·谢尔贝里和冯·渥尔玛发展着相互间的联系。相遇一年后，两人订婚。1885 年 6 月 15 日，朱丽亚·谢尔贝里成了冯·渥尔玛的妻子。婚姻持续了大约四十年，十分幸福。他们最痛苦的试炼是刚出生的儿子的去世——那是他们唯一的孩子。这事发生在 1887 年，当时冯·渥尔玛又一次身陷囹圄。

在慕尼黑他俩定居的地方，他们住在朱丽亚从父亲那儿继承的产业里。她也在瓦尔兴湖附近一个自然美丽的地方造了乡间住所索伊恩萨斯。朱丽亚·谢尔贝里和安·夏洛特·莱芙勒保持了终生的联系。

从德累斯顿，安·夏洛特·莱芙勒和朱丽亚·谢尔贝里乘火车沿莱茵河，在一个美丽的早晨抵达科隆，在那里，她们欣赏到了所谓高贵的美丽。在安特卫普，她们在一个博物馆欣赏鲁本斯的绘画，又在另一个博物馆参观到 16 世纪的一个印刷物。城市本身没让她们惊喜，不过安·夏洛特·莱芙勒觉得布鲁塞尔十分愉快、优雅、美丽。从那里，她们乘火车到奥斯坦德，然后乘蒸汽船到多佛尔。1884 年 3 月 24 日下午 6 点，她们抵达伦敦。

伦敦

在伦敦，安·夏洛特·莱芙勒将停留近三个月。朱丽亚·谢尔贝里待得稍短。在详细的信件、日记和若干文章中，安·夏洛特·莱芙勒透露了她们的经历。有着百万人口和剧烈阶级分化的英国首都是 19 世纪 80 年代中期的维多利亚要塞。同时，也有关于宗教、精神、文化和艺术、政治、社会问题、生活风格、妇女选举权、妇女服饰方面的其他观点吹来，在媒体和数不清的各种集会上找到自由的出口。伦敦对两个好奇的瑞典人来说是传说中的那个"黄金国"。在伦敦的停留对安·夏洛特·莱芙勒作为作家的发展至关重要。

古斯塔娃·莱芙勒自然要了解她们到底怎么生活。安·夏洛特和朱丽亚住在西区高登太太的寄宿旅店里，那儿是个齐全且雅致的街区。在那里，她们分享一个大房间，也能使用餐厅、沙龙，还有几处摆放着沙发和花的小小楼梯口。吃饭时，她们有机会研究真正的英国绅士。安·夏洛特·莱芙勒觉得他们令人愉快但相当枯燥。她和朱丽亚用攻击他们的形式主义和保皇主义等来挑起饭后闲谈的一些生趣，有时能成功地掀起整个桌子上的暴动。这是寄宿旅店唯一好玩的，她叹道。

高登太太的寄宿旅店外是喧闹的大都市。在伦敦，人可一点不能分神。必须高度注意吓人的交通，并且路也很难找。伦敦的地下是个全新的、有些让人害怕的体验。但这是出行的一个实用方式，这两个女友大多是利用地铁。离旅店很近就有个车站，但还是需要一小时以上才能到达别处。她抱怨：我们一半的生命都浪费在地下通行中了。

她们出色的英文引起了钦佩。这也是必须的。借助介绍信的帮助，她们写了很多短笺，询问是否可前去拜访。于是涌来不少的午餐、晚餐、下午茶。有些看来是对瑞典客人的礼貌。但也有一些是对斯堪的纳维亚文学的特别兴趣和对斯堪的纳维亚作家的好奇。多数联系继续了下去，可见这两个女性的社交能力。不少人希望引介她们进入伦敦的文化和社会生活。

带着不倦的能量和毫无偏见的开放，安·夏洛特·莱芙勒进入了一个最多样化的环境，从高雅的沙龙到东区的贫民窟。在她的日记中，她记录了一系列的个人谈话、访问、邀请、博物馆参观、音乐会、戏剧表演、演讲和实地调查。这两个朋友似乎从《贝德克尔旅行指南》上抽取了大多数的旅游重点。她俩都去了一次或者好几次伦敦的博物馆，她们也没错过圣保罗大教堂、西敏寺、伦敦塔、水晶宫、温莎堡、汉普敦宫和伊顿。

复活节前后的四天，她们参加了两个弥撒，还有两个宗教批判讲演。她们也参观国家美术馆，一间穷苦的房子和一家啤酒馆。她们拜访了一个瑞典家庭，还去温布尔登小旅行。几乎是难以理解的，她们甚至还听了一场在皇家阿尔伯特音乐厅演奏的亨德尔的《弥赛亚》。她快乐地写信给母亲："在这里，我过着比小小的斯德哥尔摩的日常丰富三倍的生活。"她知道走出去对自己有多重要。她的视野扩大了，在这么短的时间里，她已成了个完全不同的人。

衣服的事很伤脑筋，因为伦敦的女性很优雅，这一点，古斯塔娃也从女儿那儿听说了。在剧院，伦敦的女性都穿白色绸裙。她和朱丽亚达不到这个水平，所以她俩坐在票价便宜的位置上。在晚宴中，她穿自己最好的斯德哥尔摩的裙子。平日里她穿一件黑色绸裙。在一位法国女裁缝那里，莱芙勒定制了一件简单又时尚的外出服，用于访问、午餐和下午茶。她得到帮助，选择了适合她的肤色和身材的颜色与风格。添置的是件绿羊毛的，有带图案的拖地裙摆的裙子，外加一顶带羽毛的棕色帽子，一双红丝袜。

她们定期去剧院。安·夏洛特·莱芙勒发现伦敦的剧院千差万别。她相信，部分是因为观众。支付昂贵的票坐在雅致的剧院里，但他们对戏的内容不感兴趣。人们更愿意看些感人的，能催人泪下的。她难以理解，街上充满了真实的悲剧。剧院外，是一群群年轻女孩：好多是厚脸皮和自大的，还有一些是不幸、疲惫、无家可归和正在挨饿的。

只看了三场戏，她就变得十分激动。第一场是在皇家干草剧院上演的谢里丹的《情敌》。剧院的领导和主演是卓越的一对夫妇艾菲·班克洛夫特和斯奎尔·班克洛夫特。第二场是根据乔治·艾略特的小说《亚当·柏德》改编的。演出很出色，简洁而有一种天真的真诚。第三场，在她看来是杰出的。她感同身受地描述了对亨利·欧文和艾伦·泰瑞主演的《无事生非》的印象。这是由欧文这位有争议的演员再现的莎士比亚戏剧中的一个，他独具的特色使他成名。而艾伦·泰瑞，她是英国理想女性活生生的体现——被迷倒的安·夏洛特·莱芙勒这么认为。这里没有什么所谓莎拉·伯恩哈特的性感的激情。

4月末，安·夏洛特·莱芙勒写信给母亲，说自己在好多不同的文化圈里认识了一些人。不过，她似乎更注意开始自己的写作，而不是把自己的作品介绍给英国文学界。一个重要的关系是作家和批评家埃德蒙德·高瑟。他是斯堪的纳维亚文学的重要介绍人，已将易卜生介绍到英国。她认为，他是一个非常美好、和蔼可亲的男人。另一个让斯堪的纳维亚人惊喜的是女作家简，王尔德夫人，奥斯卡的母亲。她很快将写完一本斯堪的纳维亚旅行印象记。

在书中她写到，瑞典妇女在社会中有相当的地位，她们精于语言，知识广博，几乎人人都出版过一本书！也许是因为安·夏洛特·莱芙勒的访问，简才会写出这么一段夸赞的话。

安·夏洛特·莱芙勒建立了可发展的，她希望将来会有用的文学联系。包括很久之前定居英国的挪威人 H.L. 布莱克斯塔德，他把将北欧人介绍给英国人看作自己的使命。她觉得他激进、体面、智慧、诚实。布莱克斯塔德翻译了《真正的女人》，使其在安妮·贝桑特的激进杂志《我们的角落》上发表。但他没能使其在某家剧院上演。一年后，《真正的女人》以书的形式在英国出现。

在伦敦，那时已有很多成名的和有前途的作家，乔治·梅瑞狄斯、托马斯·哈代、乔治·吉辛、亨利·詹姆斯、罗伯特·路易斯·史蒂文森和乔治·萧伯纳都可以是瑞典作家有刺激意义的联系。但她似乎没有热衷于结识作家同行们。唯一一个她遇到的重要作家是南非的奥莉芙·须琳纳，她写的关于一个非洲农场的故事在前一年得到了热烈关注。也许只是因为机缘。似乎是，假如她在英国多住些日子，就会发展出更多的文学联系。但她对其他作家兴趣不大也有另一种解释。在 5 月底，她给尤斯塔写信：

> 在所有我停留期间听到的话题中，宗教（还有社会）问题是我感兴趣的。我对纯粹的文学兴趣不大。

安·夏洛特·莱芙勒确实是在一个动荡时期来到了英国。锐意改革的自由派格莱斯顿已当了四年首相。在外交政策上，他不得不处理波尔战争（1881），占领埃及以确保苏伊士运河（1882）。1881年，他改变了租赁法，爱尔兰问题日益严峻。现在，她最想要的是发展自己对周围现实的理解力。在伦敦，她看到了以前从未看到的方面，也吸收了一大堆政治和宗教观点。在伦敦的激进人群的有限圈子里，人们谈论宗教、政治、妇女运动、爱和友谊的融合，网络稠密，一个联系迅速牵带到下一个。

在那可怕的窃贼泛滥的东区，安·夏洛特·莱芙勒和朱丽亚·谢尔贝里聆听了自由思想家查尔斯·布拉德拉夫、安妮·贝桑特以及乔治·W.福特的演说。乔治·W.福特刚刚因为亵渎圣灵罪服刑一年。她们也去其他有关穷人、妓女、妇女选举权、女性服饰改革等议题的聚会，还参观各种各样的慈善机构。有关社会病患的讨论因为在伦敦流亡的卡尔·马克思、弗里德里克·恩格斯等社会主义者领袖的存在，很有分量和力度。马克思一年前去世了，但他的思想继续流传。

真正让瑞典作家受鼓舞和启发的是讨论的稠密和开放，最有争议的话题存在于每天的日报、数不清的杂志和各种各样的舞台。在瑞典可绝不是这样。她告诉母亲，在英国，一切都可被说起，所有的观点都能被表达。在这里，更容易自由和勇敢。她很想定居于此，这样，她可以成为一个为了自己的国家没白活的作家！

给莱芙勒留下深刻印象的是好战的、求真理的安妮·贝桑特。莱芙勒读了贝桑特的自传，也有机会因为布莱克斯塔德的安排和贝桑特共进午餐。回到斯德哥尔摩后，莱芙勒描写了一幅生动的画像，描述贝桑特从一名牧师太太成长为一个无畏的公众演说家的道路。莱芙勒声称，安妮·贝桑特的发展道路体现的是典型的现代精神，这条路特别是每一个我们时代的摩登女性必须走过的。安妮·贝桑特也是她能观察到的敢于挑战社会传统的坚强女性中的一个。伦敦激进圈中的另外几个，比如艾琳娜·马克思和E.内斯比特，就如同她的亲密女友塞克拉·霍德贝里和朱丽亚·谢尔贝里一样。但贝桑特不仅是个人角色的模范，安·夏洛特·莱芙勒也被她命运中的文学潜能吸引：

能看到从真实的生活出发的主题，值得进行心理和艺术的处理。有一种丧失了一切之后的力量，唯其如此，一个人才可能这么自由、无畏地，为她所相信是正确的而奋斗。

安·夏洛特·莱芙勒发现的另一个演说家是爱德华·埃夫林。35岁的他在科学研究领域已很有建树。1884年，他选择退出科研，公开自己是个无神论者和社会主义者。如今，他是几家激进杂志的合作者，为工人阶级发表演讲。他的目标是教育底层阶级，使他们有朝一日成为社会的中坚力量——莱芙勒无辜地或者说挑衅地在5月中旬这样告诉母亲。埃夫林认为，无论艺术还是科学都没有权利只以其本身为目标，一切都必须造福人类。她很高兴，在她看来，埃夫林是个真正的演说家，具有真正的诗性。她和朱丽亚雇他作为国民经济和社会学课程的私人教师。

其他人并没被埃夫林俘虏，相反很不喜欢他那靠不住的个性。奥莉芙·须琳纳认为他是犯罪型人物。威廉·莫里斯的女儿觉得他是个花花公子。萧伯纳明确表示，这个人在金钱和女人问题上根本就是无情的。这一点后来在埃夫林和卡尔·马克思的小女儿艾琳娜·马克思的关系上体现出来。但在1884年，这两个人刚开始恋爱，而艾琳娜无比信赖地爱上了他。

艾琳娜·马克思和安·夏洛特·莱芙勒在4月初的一个女性午餐会上相遇，立刻成了朋友。"她是我见过的最有趣的人中的一个，那么罕见地拥有美丽、才华、激情和高贵"，安·夏洛特·莱芙勒这么跟母亲介绍。艾琳娜·马克思似乎是个温暖和生动的女性，对政治和社会事务有兴趣。除了政治上的投入，爱德华·埃夫林和艾琳娜·马克思都对文学有强烈爱好。他俩能呼应安·夏洛特·莱芙勒对亨利克·易卜生戏剧的激情，也都喜欢已译成英文的瑞典小说。埃夫林保证把莱芙勒的《医生的妻子》发表在激进杂志《前进》上。他们对《真正的女人》十分好奇，专注地听莱芙勒讲述她的戏剧，以及她正在创作的《如何行善》。

5月30日，朱丽亚·谢尔贝里离开伦敦，她将前往意大利。安·夏洛特·莱芙勒将要回家。可是，伦敦的停留在经济上给她的压力很大。她对尤斯塔抱怨，自己在今后几年里肯定不可能再出来了。她的期望是，在逐步获得国外的知名度后，或许能得到更好的报酬。现在，她相信自己已在这条路上走得不错。几周后，她告诉尤斯塔，《医生的太太》已有英文版，并且，她刚读完刊登在法国左翼杂志《文学和政治评论》上的《芝麻开门》法文版。在两本德国杂志上还将有她的小传。她因此同时在三个最主要的文化国家英国、法国和德国出现了。

作为安·夏洛特·莱芙勒作家事业的起步宣传，这次旅行无论如何都取得了不错的成效。最重要的是，得到的刺激可让她在将来继续和瑞典之外的人们保持联系，分享她对社会的关注以及她的有关人类更光明前途的信仰。后来，她将把对于自己智识发展的反思转化为她的童话剧《真理的道路》。

回家

安·夏洛特·莱芙勒独自去了巴黎。这正合她的心意。

朱丽亚确实是个有趣的旅伴，不过，莱芙勒还是觉得，能完全置身于陌生人中也不错。可她其实根本不习惯独自一人。她刚在奥斯博纳旅馆黑暗狭小的房间安顿下来，就写信告诉古斯塔夫·埃德格伦："独自一人真是古怪。你真该在这里，因为在这里我会享受旅游者的乐趣，而这个，你比我更喜欢。"也许这封信更是为了和被丢在一边的丈夫的团圆做准备。

"孤独"是个相对的概念，就像"纯粹的陌生人"，因为，在巴黎和伦敦，她使用了介绍信，这是个有效的联络系统，通向访问和邀请。在超过两周的巴黎停留中，她很快就进入了斯堪的纳维亚艺术家的环境里。包括著名的艺术家们，如画家欧内斯特·约瑟夫松、阿尔贝特·埃德费尔特、乔治·保利，雕塑家佩尔·哈瑟贝里、西尔多·隆德贝里和维勒·瓦尔格伦。这群人中也包括她将在塞尔岛重逢的阿克瑟·蒙特——27岁，开着一家成功的医疗诊所，有很多有钱的病人。即将到来的秋天，他将作为作家在瑞典登台，会写发自那不勒斯的报道。他的小说《圣米歇尔》将会举世闻名。

巴黎很热，外加还有霍乱流行的流言。很多斯堪的纳维亚人已返乡度假。安·夏洛特·莱芙勒还是完成了计划中的多数访问。她参观这一年选出的艺术家沙龙，她探究罗浮宫，多次去剧院，很享受拉丁区和蒙索公园的氛围。

一个重要的文学联系是，她认识了一直仰慕的挪威作家比约恩斯彻纳·比昂松。在第二天，她就被他和他的太太请到他们家，一同前往的还有作家尤纳斯·里艾以及安东·尼斯特罗姆夫妇，是斯德哥尔摩劳动者研究所的创始人。尼斯特罗姆是她在小说《在与社会的战争中》写到的激进分子的原型之一。对她来说，看到真人肯定是有趣的。在后来的几年里，安·夏洛特·莱芙勒和比约恩斯彻纳·比昂松或相互通信，或直接会面，交流对时下热点问题的看法。凭借《一只手套》，比昂松已在一年前开始加入了那场庞大的北欧道德讨论。

她也见了维克多·雅克拉德好几回，他是个激进的医生和数学家，他告诉她很多事，包括他参加的巴黎公社。在血腥的失败后，他被判处死刑但得到了赦免。在流亡瑞士之后，他和妻子阿纽塔返回巴黎，阿纽塔正是索菲娅·柯瓦列夫斯卡娅的姐姐，也正是索菲娅·柯瓦列夫斯卡娅介绍了这个关系。这个情况让尤斯塔紧张。在斯德哥尔摩大学，他刚帮助索菲娅·柯瓦列夫斯卡娅得到五年合约的教授职位。她是摩登时代的，世界上第一位女教授。可千万不能让人知道她有个亲戚是激进分子，而且她本人在革命时期就在巴黎。

安·夏洛特·莱芙勒没告诉哥哥，她和雅克拉德一起在一个十分喧闹的工人和学生圈内听了另一个共产主义者、好战的女权主义者保乐·明克的演说。她也没提及自己多次遇见艾琳娜·马克思的姐姐劳拉·拉法格和她丈夫保罗，两人都是积极的社会主义者。

在斯德哥尔摩的家里，全家人很为安·夏洛特·莱芙勒的激进化担心。在伦敦时，她已用书信在母亲跟前辩解过。当时她强调，自己真没有被朱丽亚影响。她独立地思考和感受。她觉得，一个人自由或保守是天生的，是一种气质问题。没错，她有些容易被影响，但也是因为她的天性引领她朝着这个方向。难道她不是一直有点自由派吗？有时比较缓慢，但从未朝着相反的方向！最后，她好斗地声称：

> 不，别幻想我现在的情绪只是因为暂时的影响，别指望能反转。你们完全可以用抵制和不解来阻挠，但要改变我天生最内在的基础，永远做不到。

她也想在尤斯塔面前突出自己的立场。他不该认为她已是个社会主义者，她写道，她只是对尽可能彻底学习这方面的知识感兴趣。理论上讲，顺便说一句，社会主义就像其他一样，也是科学理论，他这个数学家应该能接受这一点。

问题自然是古斯塔夫·埃德格伦怎么反应。安·夏洛特·莱芙勒很想开诚布公地承认，他俩之间存在着越来越深的无可救药的差异。对她来说，这已不是什么灾难，只要他不管她。很简单，他们必须学会容忍，尊重对方的观点。这并不那么容易。几年后，她记得这长时间滞留国外后，自己和古斯塔夫之间的鸿沟。

第七章

在焦点中：1884—1885 年

年轻的瑞典

　　一回到斯德哥尔摩，安·夏洛特·莱芙勒立即理出一间新工作室。古斯塔娃收到了安·夏洛特从那里写出的第一封信。她觉得，太阳照射进来，无可言状地美好。她希望在这里比在以前的小屋里更多产。但她有些忧虑——不能为自己那两个女佣做点什么，真是遗憾。她是不是该在她们的卧室里放上一张木沙发，她们中的一个也许可以在沙发垫上睡觉，这样可减少卫生问题。也许那个新女仆可以在自己的衣柜间里睡觉，而和另一个女佣合用一个衣柜间换衣服。她们住得这么挤当然可悲！她的这些想法很有趣，因为，这正是她自己正创作的戏剧中所讽刺的，善意与懵懂的阶级意识的混合。

就在安·夏洛特·莱芙勒在新工作室里安顿下来时，斯德哥尔摩卷起了一场文学风暴。革命就在空气之中，因为瑞典的体面和宗教已被奥古斯特·斯特林堡的短篇小说集《结婚》挑衅。人们也反对他总体上体现于干脆、直率的语言中的虚无主义态度。1884年10月13日，斯特林堡被指控亵渎上帝。在伦敦听到过无神论者观点的安·夏洛特·莱芙勒，她的反应是显而易见的。和古斯塔夫及母亲不同，她为斯特林堡辩护。"美好的法律！对瑞典的自由表达权的危险袭击！"她愤怒地写给维克多·劳伦：假如有和他们的规定不同的句子，是否就有被起诉的危险呢，这么一来，写作可就不容易了。

安·夏洛特·莱芙勒反对过于苛刻和有偏见的判断，她对母亲解释。安·夏洛特总是视野广阔和宽容的。但在这件事上，她是否阅读或分析过斯特林堡在短篇小说中阐明的观点呢？他抨击的正是最贴近她内心的问题：男女在精神和性上的平等以及已婚女性对经济自由的需求。公开和私下，他表达的都是反对她的意见，好像是把她看作了对手。

公众和保守观点把斯特林堡看成是现代瑞典中的自由思想和道德瓦解的标识。这个恐惧和总体上对工业化和都市化社会进程的忧虑有关。瑞典就要工业化了，工人运动正在壮大。就像德国，工人联盟组织起来了。一个社会民主党派在 1889 年成立了。

年轻的激进作家起初对斯特林堡爆发出热情，为了自由的表达和现实主义，这种文学创作形式甚至莱芙勒也同意。现在她成了年轻文学家同人组织的核心，这个组织把斯特林堡和莱芙勒看作"爸爸和妈妈"。但即便是这个叫"年轻瑞典"的圈子和斯特林堡联合也有麻烦。莱芙勒的地位在斯特林堡移居国外后，得到了格外加强。

这一点在同人杂志中表现得很清楚。《文学和社会问题评论》于 1885 年 5 月推出第一期。安·夏洛特·莱芙勒是其中的招牌。编辑明确表达了自己以为的典型的现实主义。肯定会有夸张，他说，但真正的现实主义不同于粗糙和污秽。它以追求真理为根本特征：在表达之内的真理，在性格描述之内的真理，在对一切自然和人类生活关系之描绘中的真理。通过对改革可能性的信心，这个现实主义是乐观的，并非一般所说的那样悲观。它的代表把自己看做文化服务的劳工。对"年轻瑞典"来说，一个最典型的代表是安·夏洛特·莱芙勒。编辑相信，她这么快就赢得了这么多的人气，是因为她最能反映当前正发生着什么。

女作家自己也在杂志上贡献了一篇散文，赞扬安妮·贝桑特是真理的探求者。另一个当前的话题是从故事《平等》里提取的，刊登在 1884 年 12 月的全国新闻俱乐部的报纸上。她轻松勾画了一个新婚年轻太太的肖像，揭示了许多中产和上流阶级妇女生活的根本。她提出了读者会疑惑的问题：假如完全要靠丈夫的钱生活，一个妻子真能和她的丈夫平等吗？有多少人意识到她们佣人的服务，很多看不见的手工业者和工厂工人的劳作？小说的展开显示，她完全相信，信息、分析和反思可以为更好的事态铺平道路。

这也是她 1884 年秋完成的那些来自伦敦的报道所暗示的出发点。第一部分《伦敦记忆》，她试图让斯德哥尔摩公民在圣诞假期间感到惊诧。她介绍了在伦敦港区的一次访问。那里被描写为一个魔法世界，能找到全世界最奢华的一切，从象牙、葡萄酒到铅水晶和香辛料。但是，她提醒到，这些财富要求百万民众奴隶般的劳作。她也曾路过成群的失业者，能想象苦难主宰了他们的家庭生活。在骄傲的英国，她观察到过度制造正和贫困手拉手。这让她不仅悲伤而且震惊。除非穷人的生活得到改善，穷人们很快就会反抗这个让他们失望的社会，从而引起可怕的解决方法。

在海外的旅途中，安·夏洛特·莱芙勒已着手写那部她曾给斯诺伊尔斯基夫妇及艾琳娜·马克思和埃夫林这对情人读过的社会主义戏剧。这出戏如今有个题目《如何行善》。在 1884 年的 11 月下旬，她进行了最后修订。虽有强烈的腹痛，她还是写得很快。一周后，写完最后一幕。她很快就读给家人和朋友听了，大家觉得表达效果很好，也很吸引人。距圣诞夜还有两天时，她把剧本交给了皇家剧院经理。

《如何行善》在 2 月初被拒，因为牵涉到劳动问题。虽然如此，或者说更因为这个被报纸议论纷纷的被拒，1885 年，安·夏洛特·莱芙勒真正成了年轻的激进文学的领军作家。在 5 月，《如何行善》出版成书。朋友和作家同行表达了钦佩和感谢。"社会主题不言自明"，斯诺伊尔斯基从德累斯顿写来了读后感。春天，《如何行善》在卑尔根和赫尔辛基上演。

9 月，在哥德堡大剧院有了第一次的瑞典公演，终于得到路德维克·约瑟夫松的好评。但保守的斯德哥尔摩是到 1885 年的 11 月才有了在新剧院的首演。所有这些都引发了报界密集的讨论。

对此，安·夏洛特·莱芙勒本人也用刊载于媒体的游记和散文积极参与。也是她，在给丹麦读者推荐新的瑞典文学，她做了很慷慨的挑选。但斯特林堡把她的容忍和开放理解为机会主义。他抱怨，自己从来都没想到，会被套着去拉埃德格伦夫人的胜利马车。

进一步宣布她文学地位的是，在激烈的内部讨论后，5 月，她被选入新闻俱乐部。安·夏洛特·莱芙勒、阿尔菲尔德·阿格莱尔和埃塞尔德是最初闯入这个男人领地的女性。俱乐部的年度通报喘了口气似地写道：新的因素没有给亲密的同志式共同生活带来抑制性影响。

她很忠诚，和家人联系密切，这将安·夏洛特·莱芙勒捆绑在亲戚和家人的旧核心里。但女作家越来越大的名声影响着她的社会生活。她周围的圈子扩大了，既反映在她的地位上，也反映在她的自信上。在卡尔和卡拉·科尔曼的家，她如鱼得水。他们著名的招待以非传统的开放和音乐的娱乐而出名。它召集了"所有的斯德哥尔摩人"和很多旅行到这里的作家、艺术家。古斯塔夫·埃德格伦跟着去过，觉得很受折磨。他被大家看作是害羞和绅士做派。

安·夏洛特·莱芙勒也邀请"年轻瑞典"里的知音到自己家来。"饥饿环"是这个有规律的聚会的戏称，大家在简单的形式下会面，探讨文学问题。艾伦·凯如今对安·夏洛特·莱芙勒来说是有亲近交往的朋友，她描画出了莱芙勒作为文学中心人物的形象。凯记得莱芙勒毫不做作的谦虚举止，融合了一个游历过世界的女子的自信、少女的欢快及艺术的无拘无束。她毋需显露自己，只需带着吸引人的才能做一个好听众。为她的客人们，她创造了幸福和安宁。埃德格伦家的"饥饿环"聚会是独特的，凯写道：在这些新思想的拥护者那里，闪烁着为这世界创造更多真理和快乐的努力中的同志情。

另一个圈子几乎同时出现。作为绅士们的组织"伊顿"的补充，卡拉·科尔曼发起了"新伊顿"。设想是，这个组织会用各种各样的活动，提供受过教育、从事不同工作、有才华和兴趣、拥有对进步和发展的共同兴趣的女性间的联系和精神交流。成立一百二十五年后，新伊顿看来还是遵循着这一精神。

在第一次集会上，安·夏洛特·莱芙勒传达了在伦敦接触到的自由穿着的想法。改良服装很快成了斯德哥尔摩知识妇女间的流行。其设计可看到当时对中世纪风格和文化的兴趣。莱芙勒在春天和一群有同样想法的女士、先生们一起，在为北欧博物馆举办的集市上拍照时，就穿着这样的衣服。为此，她还编过一份纪念刊。

1884年和1885年间，安·夏洛特·莱芙勒在文字上的成果表现为敏感的平衡，她必须在自己的确信和周围环境的阻碍间穿行。无可否认，她表现出一定的实用主义思想，她从不犹豫在不同论坛的不同调子间转换。她当然被最近的亲人影响，他们对她的激进想法越来越焦虑。但她所写的一切是对更好、更快乐的世界的追求，这想法，她能和"年轻瑞典"的同事们分享。甚至《如何行善》这出戏也是基于她对作为改革力量的真理和原因的信仰。国外旅行的冲击力是明显的，不过她也运用了自己的体验。背景上，能感受到瑞典正发生着的社会和政治的剧变。

在《如何行善》中，她表现了多种多样的慈善最终都是以自身为目的，都是社会美容。第一幕发生在慈善集市，是她自己多次参加过的那一种。第二幕，观众能看到贫困的劳动者的家。第三和第四幕，表现富裕家庭。也是在这里，发生了关键的冲突。通过在奢华的上流环境和贫穷苦难间的转换，她回想到自己对伦敦的社会不平等的愤怒。

不过她不是个演说家。取代演说，她通过戏剧，提供给观众一个试着转换位置的可能性。也许他们有望同情那个年轻的主角布兰卡。她是慈善集市之星。但随着剧情的发展，布兰卡意识到自己生活的前提，做出了改变生活的决定。

上流阶级性道德的双重标准是《真正的女人》的副主题。这既适用于已婚男人的行径也适用于他们的女人的容忍。《如何行善》将这个热点问题发展到戏剧的结构里，链接到富人和穷人间的经济不平等。

布兰卡在12岁时被亲生父亲——男爵冯·第尔林及其夫人领养，这个夫人甚至在婚礼之前就知道布兰卡的存在。布兰卡得以从和母亲、继父、兄妹一起时的贫穷状态转换到奢华的生活，很难说是因为男爵的父爱。事实上，他婚后唯一的孩子死了。布兰卡被选上，因为她是兄弟姊妹里最漂亮的。留在母亲身边的斯薇雅，被一名体面的男人诱惑，成了妓女。诱惑者是布兰卡的未婚夫、工厂主乌尔夫上尉。布兰卡看望原来的家人，被深深地震撼，开始思考到底哪里才是自己的家。

这出戏的第三个主题是皇家剧院认为过于敏感的劳动问题。那个直言不讳的，在乌尔夫手下工作的工人黑尔克维斯特，因政治行动被解雇。布兰卡劝未婚夫重新雇佣他，乌尔夫同意了，但提出两个条件，乌尔夫自己和冯·第尔林隐秘的生活不得被暴露。更重要的是，黑尔克维斯特必须停止到公众集会上对同事做煽动讲演。黑尔克维斯特同意第一个条件，但拒绝了第二个。他宁愿没有面包也不能出卖自己的信念，放弃自由说话的权利。

乌尔夫不理解，在如此自由和幸福的国家瑞典，这样的权利会是必须的。布兰卡的最后一根稻草没了。在慷慨陈词中，她总结了全剧的所有主要想法，表明阶级矛盾如何也体现在男人的性行为上。她解除了婚约，也离开了冯·第尔林家。她不想成为女施主。假如不试图做正确的事，她没法行善。

《如何行善》于1885年11月11日在新剧院首演，女作家被朋友们围绕，她的出版社提供了香槟。古斯塔夫·埃德格伦似乎留在了家里。她在日记中写道："销售一空，强烈的欢呼声。"媒体的反应显示了这一年她的写作已达到怎样一个重要程度。新闻铺天盖地。所有的演出——卑尔根、赫尔辛基、哥德堡和斯德哥尔摩——都报道得和这个剧本以书的形式面世时一样。评论和分析很详细、全面。她被称为瑞典第一位的女作家，公演被称为有巨大文学价值的事件。

剧本的意识形态内容挑起强烈反应，也带来鲜明立场。一个评论者赞扬这是具有当前现实意义的，是完全摩登的。另一个，同意该剧反映了时代，赞扬了作家的勇敢。而一个更保守的评论者则反对这个剧，认为它过于夸张。它煽动阶级仇恨，激发穷人的错误想法，似乎有钱人就是没心肠的。这样的想法一定在斯德哥尔摩首演时观众的反应中得到了强化。一个激动的评论者形容演出像一个公众集会：

> 休息室十分拥挤。来自不同社会阶层和接受过不同教育水准的人，焦急地要成为首场演出的一分子。我看到一些极少到剧院露面的人们。

《如何行善》在观众中取得了极大成功。到 11 月末，已演出十四场。一个欣喜若狂的观众是社会主义者领袖奥古斯特·帕尔姆，他给作者写了情书：

> 迷人的女人，昨天，我看了你的杰作《如何行善》。我得为这样一个令人愉悦的夜晚感谢你。情不自禁地，我走到了你家门外。我期待能在那里，作为一个男人在你身边。他怎么能理解你？你们怎么可以结合在一起？你已表现出你很勇敢。为了我，丢开所有的犹豫吧。
>
> 你永远忠实的灵魂伙伴帕尔姆，社会主义者和激进分子

安·夏洛特·莱芙勒是怎么读这封信的，不得而知。然而，我们知道她得到了自己所属的布尔乔亚圈子的驱逐。她母亲最大的恐惧成了真。安·夏洛特·莱芙勒已对怨恨有准备，但没料到她遇到的是这样一种迫害和仇恨：人们

避免有她作伴；她收到的许多匿名信里包含的粗鄙绰号超出了她的想象。古斯塔夫觉得妻子很丢脸。他属于那个反应最强烈、最保守的官僚圈子。她自己顺其自然。对一个友人，她引用了奥古斯特·斯特林堡的话：

> 最神圣的不是宗教，不是对祖国的爱，不，那最神圣的一切是钱——就是说，富裕阶级对他们的所有物的占有权。假如有谁想动，那你就是违法者。

一个夏天的童话

在1985年末这些暴风骤雨的日子里，安·夏洛特·莱芙勒觉得自己很孤独、被抛弃。虽然她有很多朋友，男性和女性的都有，但没几个能给予真正的帮助。11月，她对亚当·豪赫诉苦。他是她在哥本哈根认识的丹麦一所学校的校长和八个孩子的父亲。她缺少亲近的人——另一个的自我。她的丈夫在她看来完全是个陌生人。塞克拉·霍德贝里和朱丽亚·谢尔贝里在国外消失了。考奈莉娅·帕尔曼病得很重，索菲娅·柯瓦列夫斯卡娅那时还不算那么亲近——但其实很快就会。她希望亚当·豪赫能是她在悲伤和痛苦中的朋友。

事实上，在这些年冷淡的同伴式婚姻外，她已陷入深深的爱。1884年1月在哥本哈根第一次见到豪赫之后，他们在8月，于赫尔辛格北部的海边度假地一起度过了三周。安·夏洛特和豪赫打交道时，古斯塔夫一直悄悄在背后。他们在月下散步，安·夏洛特还单独和豪赫的熟人一起航海。一年后的秋天，他们在哥本哈根又接触了一星期。

他们的书信联系越来越密切，主要是因为豪赫对瑞典作家文学作品的兴趣。在他的要求下，她给他邮寄所有作品。她很受赞美，也觉得这是让自己的作品抵达丹麦的一个机会。假如《艾尔芬》在哥本哈根上演，不是很有趣吗？她承认，但她也担心这个剧不够好。她在创作这个剧本时，还没从传统道德思想中解放出来。在她给豪赫的信中，对布尔乔亚传统的质疑就像一个主旋律。

她也强调自己对弟弟维克多·劳伦投注的关爱太少，抱怨自己太严厉。12月，他自杀了。她是第一个赶到死者身边的。很快，她写了一篇关于劳伦的感人文章，把他描绘成一位有强烈正义感的孤独者。劳伦的社会责任感的一个表达，就是根据他的意愿设立的基金。基金按今天的货币换算差不多有1200万克朗（150万美元），提供给社会科学。董事会包括安·夏洛特·莱芙勒及一些学者。

渐渐地，安·夏洛特·莱芙勒表现出对亚当·豪赫的生活和个性越来越大的兴趣。同时，她的信发展着对自我的分析。豪赫的同情让她觉得愉悦，他也被告知，她喜欢将他放在内心深处。不过，她也用自己的能力对他像对其他陌生人一样进行观察和分析。这些通信和她的一篇新小说的创作并行，她从他们的相互作用中获得了创作灵感。但她的天才就像一个球茎植物，发芽前需在泥土中待很久，她这么说。首先，在 1885 年 11 月，她找到了个好情绪，决定了《一个夏天的童话》该怎么写。现在她疑惑，是怎样的神秘力量驱使着她，她怀疑是豪赫的爱给了她创造的翅膀。

已吹起了有关安·夏洛特·莱芙勒和亚当·豪赫的恶毒流言。当她在一份丹麦报纸上刊登她的小说提纲时，流言格外增多。奥古斯特·斯特林堡在媒体上公开袭击她。她感觉到，他这么攻击的背景可能是那份想要得到劳伦基金的渴望，因为斯特林堡托斯诺伊尔斯基向她打听过情况。她十分明白他的敌意，但她依然试图帮助他。她对对手的接近保持了宽容和同情：

> 斯特林堡因为怀疑、苦涩以及对所有还站在社群内的、没跟他一样被扔开的人的仇恨已经半癫狂了。他极度地不快。我对他，除了同情没别的。但这一点他不相信。

至于对她小说提纲的议论，她认为很是可笑。她明白自己的现实主义道路艰难，因为这条路容易引起误会和错误的破译。但对她而言，这是唯一足够好的。于是她制定了自己的方法——这方法即便是在我们当今的时代也还没有过时。她相信，纯粹假想的诗歌已经落伍，光记录事实也不是她的方法。取而代之，她想从事实中拉出骨架，再织进她需要从活生生的生活中提取的东西。

她借用了很多豪赫的特征给小说的男主人公法克，不过将时间后推了二十年，把他描绘为一个年轻恋人。也许他妻子会认出他来——她不加掩饰地写道。对于女主人公乌拉·罗森汉娜，作家采用了和自己的天性同样的缺点，人物可信。但这并不是莱芙勒自己的故事。乌拉敢做莱芙勒不敢、但认为在相同情况下希望被允许做的事。在这个意义上，乌拉是莱芙勒女性观的总结和自白。然而莱芙勒暗自期望没人会发现这一点。

安·夏洛特·莱芙勒和亚当·豪赫间的通信变得密集和亲密，虽然，她试图控制好他们的关系，保持平衡。这是个友谊和爱情的问题吗？她坦白他的友谊比任何其他的都有价值。但在下一秒，她注意到在一个男人和女人之间鲜有纯粹的友谊。这也许是因为长期的教育中形成的男女授受不亲的认识。她期待这个问题在作为布尔乔亚机构的婚姻解体后能够解决。

她试图作为一种进行中的项目，继续控制和豪赫的关系，可能是出于文学利用价值的考虑。然而，当豪赫于1886 年 4 月到斯德哥尔摩做停留十天的访问时，情形有些绷紧。古斯塔夫·埃德格伦到疗养度假地去了。作家很注意不要单独见豪赫。他俩在深夜的见面以及他们在剧院还是被熟人圈子瞩目，也被家人和佣人注意。他被认为也做了她并未拒绝的接近。豪赫回到哥本哈根之后，安·夏洛特·莱芙勒试图把事情厘清。她对他的感情太近似于情色，很难被定义为友谊。但这也许不过是想象。也许是对《一个夏天的童话》的创作使得她混淆了文学和现实。当女作家很危险，会有很多花样繁多的幻想。

虽然她有这些借口，显然，她对亚当·豪赫的爱已经深入。在两封数月后给母亲的信中，她第一次披露了自己的爱，并雄辩地为自己争论。她比以前快乐。这个关系给她的生活注入了内容，是其他一切运转的钥匙。将来，她想尽可能多地和豪赫在一起，和他商量一切和她相关的事。

她对母亲解释，无论古斯塔夫·埃德格伦还是丽西·豪赫都没什么麻烦。古斯塔夫真正担心的是丑闻，但他不嫉妒。他认为自己的妻子和豪赫是天生一对。丽西·豪赫去年夏天正在等待她的第九个孩子，笨拙地要求女作家尽可能多地和豪赫在一起：不然，他是那么不快活。安·夏洛特·莱芙勒没注意到，在这个请求之后，是一个依然爱着丈夫的女子的痛苦。安·夏洛特对母亲承认，亚当·豪赫有些让人难以理解，因为这是很让人弄不懂的：一个和妻子深深连接着的男人会爱上另一个人。但人会有复杂的情感生活，她明智地写道。并且，她和豪赫都是不能拿别人来比的超常的人。作为在母亲面前提出的最后一个论点，她给出了豪赫的性格。她这样猛烈地表达：他结合了所有她一直趋之若鹜的品质。他有一种少见的男性魄力和力量，同时非常善良和温柔；他真挚、诚实、思想自由，对一切保守事物有强烈反感；特别重要的是，他快乐、幽默、正常，在户外活动中分享她的兴趣。他们是为彼此而造的。这是对他们的爱的唯一解释。

安·夏洛特·莱芙勒理解的亚当·豪赫的性格，形成了《一个夏天的童话》里乌拉·罗森汉娜爱上的那个男人的框架。但虚构人物总是从各方面抽取特征加以编织的。她让法克做了一家挪威成人学院的负责人。这样一个环境的推动力是她访问挪威时获得的。这一处理使得小说在主流中有对斯堪的纳维亚兄弟民众的激情。

为民众的成人高校运动，是 19 世纪 40 年代首先在丹麦兴起的，独特的斯堪的纳维亚教育形式，此后很快推广到瑞典和挪威。在瑞典，对挪威文化的兴趣，特别是对古代北欧的传统、农民的生活和山区风景的兴趣，因为比昂松的农人的故事和易卜生早年的戏剧得到很大刺激。这种意识也使得女性更多地选择民族服装和改良服装。

所以说，《一个夏天的童话》中的男主角在 1886 年是有高度时代特征的典型人物。女作家的前言提示了她的关切及心理公信力。小说明显有自白成分，更有亲身体验的基础。是爱情小说，也是照亮女艺术家困境的艺术家小说。但最首要的，《一个夏天的童话》挑起了当时日益浓烈的关于婚姻、性道德和妇女地位的讨论。安·夏洛特·莱芙勒勇敢地给出了她那个时代传染得最严重、最有挑战性的问题，并寻求一个惊人的、非传统、有远见的解决办法。

《一个夏天的童话》分两部分。第一部分在亮色中。它描绘了一个真正的夏日童话，在这里，名画家乌拉·罗森汉娜从罗马到瑞典西海岸短期度假，遇到了休假的民众成人学院老师罗尔夫·法克。第二部分更严峻、灰暗。描绘了乌拉和法克婚后的生活，以及乌拉为自由和个人独立所作的争斗。

乌拉·罗森汉娜和罗尔夫·法克在度假地相遇，那里有混杂在其他游客间的、海水浴场的开心互动和毫无拘束的求爱。笔触轻松而略有调侃。当乌拉单独跟随法克出海航行时，则成了另一种调子。

开头那魔幻的，有着微风和咸湿海浪的航行变成了风暴的洗礼。法克试图用武力的感情爆发来攻克乌拉。乌拉为自己辩解，为何她必须打破自己的整个过去，来分享男人的毕生事业？在内部的激烈斗争之后，她意识到，她还是必须跟随他。她已不再自由："千条线把她自己和他捆绑在一起。"因此，读者必须明白，是爱本身的性质，而不是外在思考强迫了她的决定。她投降了，跟随他去了挪威。值得指出的是，她并不是法克的求爱的被动牺牲品。她一直被作家处理为一个独立的性爱对象。

小说第二部分从对法克的成人学院所在地约克海姆生动的环境描写开始。读者能感觉到来自农村的年轻人对投身于教育的热切。作家用几个精选的细节展示了学校的秩序和有趣之处。作为新太太，乌拉·法克很想适应学校的这一切。她和丈夫理想主义的教育热情休戚与共，通过自己的艺术讲座积极参与学校工作。她着民族服装，和学校的学生、老师们一起吃饭和交往。但她不喜欢封闭的生存状态。

乌拉和法克间的心理游戏被描绘得极具同情和敏感。不是像短篇小说《医生的妻子》那样的受压迫妻子的问题，这里是两个坚强和不寻常的个人，彼此相爱但仍会产生不断的冲突的故事。法克的理想主义的原则常常和乌拉自发的智慧抵触。并且，虽然强调的是乌拉对自由的争斗，但对法克的思想和悔恨也有展现。

乌拉生了两个孩子，但还是觉得自己是个失败者。她将自己和婆婆——一个将自己全部的、女性的、自然和身体的直觉充分发展了的女人作比较。她觉得婚姻对自己不合适。但不管怎么说，最重要的是，婚姻和她的新角色威胁着艺术创造。她梦到罗马，还有那些被她丢下的半完成的绘画，街上玩耍的孩子们。而在幽闭空间里的暗淡光线下，叫她如何去作画呢？她一直向往有自由的空气、光亮和阳光在自己的画上。终于，她离开了丈夫和孩子前往罗马，重拾绘画。但她的心碎了。最后，她写信给法克，坦白所有的悲伤、向往和矛盾。她明白自己永远不能忍受远离他，但也不能完全和他生活在一起。她被判以心灵的永远撕裂。这封信，她以一个问题收尾，问他怎么考虑他们的将来。

法克的答复是温柔和智慧的情书，表明他已发展成为这样一个人，准备好为婚姻承担责任。他打算离开学校移居克里斯琴尼雅，已报名当挪威议会候选人，相信能做一些新的事。乌拉在克里斯琴尼雅工作会更容易些，她可以自由而独立，需要时可自由地走开。他写道：自己学会了同爱商议，而不是要求许多。按女性的方式，他打算满足于有那么一点，而不是失去一切。下一个夏天，他将划着船到克里斯琴尼雅迎接她，然后，他们可以重新体验夏天的童话。

作家在这里构筑了一个将来的男人惊人理性的画面。她看到了平等的爱的关系的可能，描绘了一个工作的妇女——无论她是否为艺术家——将工作和家庭结合的模型。也许，莱芙勒是为自己对亚当·豪赫的爱提供策略建议。她已从青年时代就一直梦想的吞噬一切的母性那里走开很远。

1886 年 6 月中旬，《一个夏天的童话》出版。媒体的反应映射出她的想法的爆发力。艾伦·凯是最清楚地意识到这一点的人。她在评论中写道，当代文学中关于妇女的无数描写表明，其实话题早在空气之中。但《一个夏天的童话》将这个问题摆在了中心。也就是说，一个有独立发展个性和毕生事业的人也能有婚姻。凯相信，对这一问题的讨论将改变整个解放的方向。不过她强调，这也是艺术家小说的问题。是对一名女艺术家的艺术激情和性激情冲突的描绘——这让小说有了深度。

但她对小说的解决办法不满意。假如法克牺牲得比乌拉多，这意味着传统角色的重新布置，她说。凯期待的是一种新型婚姻关系，是双方完全吸收对方的人格，每个人都能够保持自由。然而安·夏洛特·莱芙勒没在这样的共同生活前徘徊。她的愿景更务实。假如伴侣中的一方是与众不同却颇有才华的人，像乌拉这样，另一方是适应性更强的人，像法克，就应该是那适应性更强的一方做调整，而不必考虑是哪个性别。这个想法如何与她的"两个完全的灵魂伴侣分别是另一个自己"的梦想一致，她没做分析。

所有的评论者都认为埃德格伦太太是个卓越的、已有稳定地位的作家。一家报纸称她是被热议的天才作家。另一家称她是智慧的，将《一个夏天的童话》和奥古斯特·斯特林堡的《女仆的儿子》并称这一年和其他平庸的瑞典文学完全不同的佳作。斯德哥尔摩的顶级报纸《晚报》为《一个夏天的童话》举办了一个活动，有一系列的匿名信件拿作品中的人物和情境取笑。原因是，作家挑战了安娜·雷兹尤斯，她是主编的夫人和妇女运动的一个领袖。

在莱芙勒眼里，安娜·雷兹尤斯和她的伙伴们推行的是以妇女运动为名的僵硬的道德主义。比如，她们要求，所有女性的行为须以利益来衡量，而不是从她个人和艺术的内涵出发。一个女人对情色无动于衷才能从事文学。爱的所有色情的一面被压抑成不干净和低级的。在《真正的女人》和《如何行善》中，安·夏洛特·莱芙勒确实谈到了比昂松的观点，就是说，男人和女人婚前必须是贞洁的。但她很快将处于修正这个论调的转折点上，认为女性该对丈夫的过去毫不宽恕的观点是胡说八道。她对亚当·豪赫说，这只是道德理论，不是生活自己的真理。用《一个夏天的童话》，她希望展示，妇女问题是比女权主义者能意识到的更深刻、更复杂的问题。

从维也纳的塞克拉·霍德贝里那里传来了激动的反馈。在写作过程中，和往常一样，她在详细的信件中有赞扬有反对。11 月，她让阮格尔在卧室看了一段。阮格尔一般对莱芙勒的写作不屑一顾，这次一直读到眼皮打架，一醒来就接着阅读，说是很少能读到比这更好的。塞克拉认为，《一个夏天的童话》是女友迄今最好的创作。有一些从未写过的那么热烈、美好、真实，并有完美风格的东西。

虽有来自方方面面的肯定，安·夏洛特·莱芙勒被《一个夏天的童话》带来的各种大惊小怪所折磨。给亚当·豪赫的信中的那声讽刺的叹息显示，乌拉·罗森汉娜放弃罗马时的感受很大程度映射了作家自己：

> 可是，除了个人的幸福，我有那么多其他事填充自己的生活！我能雀跃欢呼——报纸评论！名声！看媒体议论我走过的每一步的胜利——像个奇怪的动物，我向前走着，有受宠若惊的脸和被诽谤的后背。是的，还值得过，不是吗？

第八章

对幸福的渴望：1886—1887 年

新的联系

"我认为对幸福的渴望比幸福本身更好",安·夏洛特·莱芙勒在一年后的 1887 年 10 月 5 日写信给亚当·豪赫。她抵制绝对的满意,她告诉自己,大的冲突利于文学创造。这是她从光明的一面看世界的持续努力的一个例子。过去的一年,她的生活变得格外充满冲突。她所属的文学圈内部、最亲近的朋友圈、家庭,还有整个社会氛围都对她加大了压力。此外,她和亚当·豪赫的关系到了必须决断的时候。她为作为一个人、一个女性和一个作家的生存而争斗。

在斯德哥尔摩,尤斯塔·米塔格-莱芙勒是一个成功的数学教授，甚至定期担任斯德哥尔摩大学校长。他和妻子已有稳定的社交生活，搬到了新的更大的公寓。安·夏洛特·莱芙勒会到他们好客的家里，参加大大小小的活动，但她丈夫很少去。安·夏洛特和西格奈成了好友。两人都没小孩，她们一起读意大利语，一起长时间散步。尤斯塔一如既往，是妹妹投入的评论员和忠实的帮助。

　　不过安·夏洛特·莱芙勒的生活中最关键的特征是，几年前开始的和索菲娅·柯瓦列夫斯卡娅的友谊。这个几乎同龄的俄罗斯数学家成了她的朋友，成了和先前的塞克拉·霍德贝里一样的亲近的知己。凭着她的智识、她的科学和文学倾向及富于激情的个性，索菲娅·柯瓦列夫斯卡娅对于更拘谨的安·夏洛特·莱芙勒来说是无法拒绝的知识伙伴。对莱芙勒的感情来说，这个人在某种程度上是亚当·豪赫的对手。甚至，对于相对来说更地方性的瑞典首都斯德哥尔摩，这个人是不同寻常的，是大都会的。

　　作为俄罗斯炮兵将军的女儿，索菲娅成长于靠近立陶宛边境维捷布斯克的一座庄园帕里比诺。她和姐姐阿纽塔在家接受私人课程，后来到圣彼得堡学习。在那里，她们接触到激进的自由派圈子。费奥多尔·陀思妥耶夫斯基属于这个圈子，他曾向阿纽塔求婚被拒绝。为了得到继续学习数学的可能，索菲娅和后来成为古生物学家的弗拉基米尔·柯瓦列夫斯基结婚，并移居德国。在杰出的数学家，她的私人老师，柏林的卡尔·魏尔斯特拉斯的帮助下，年仅 24 岁，索菲娅就在哥廷根大学完成了博士答辩。

此前，索菲娅和弗拉基米尔·柯瓦列夫斯基在 1870 年的血腥暴动期间访问了巴黎。阿纽塔认识激进的公社社员维克多·雅克拉德，并参加了战斗。雅克拉德被抓入监狱，因姐妹俩的将军父亲的斡旋被释放。在这一次及后来对巴黎的访问中，索菲娅·柯瓦列夫斯卡娅在激进圈子里交际。她写了自己的第一篇小说《私人副教授》。1878 年，女儿小索尼娅，也就是福珐出生。但婚姻遇到了危机。弗拉基米尔因生意失败于 1883 年自杀。索菲娅·柯瓦列夫斯卡娅那时在巴黎，而福珐留在了奥德萨和莫斯科。她怎么养活自己呢？大学对女学者关着门。来自斯德哥尔摩的一份在大学讲课的机会成了天堂的礼物。

尤斯塔·米塔格−莱芙勒在 19 世纪 70 年代后期访问圣彼得堡时已认识索菲娅·柯瓦列夫斯卡娅，并对她的才华和人格感兴趣。1883 年 11 月，他成功地吸引她到斯德哥尔摩做客座讲师。1884 年 6 月 28 日，安·夏洛特·莱芙勒在巴黎和雅克拉德来往时，索菲娅·柯瓦列夫斯卡娅被任命为高等数学分析教授。她的工资只是其他三名同时任命的男教授的一半，但她是世界上第一位女教授。

索菲娅快速进入社会生活。她有大学教授这样高度的社会地位和无可抗拒的魅力。在极短的时间内，她学习了瑞典语，开始学习瑞典文学和戏剧。她最先做的事情中就包括阅读安·夏洛特·莱芙勒的所有作品。索菲娅很快被看作莱芙勒家族的一员。她当然是卡拉·科尔曼的客人，不久，她也和"年轻瑞典"一起，参加"饥饿环"的活动。还被选进"新闻俱乐部"。她也合作于尤斯塔的研究项目，参与他的期刊《数学学报》的工作。

在索菲娅来瑞典前，安·夏洛特·莱芙勒已对这个哥哥赞扬的，似乎克服了所有障碍的奇迹般的女数学家好奇了很久。一旦碰到她，莱芙勒被俘虏了。第一次见面，安·夏洛特觉得是见到了一个巨大的卡通人物，浓密的栗色头发杂乱地编结着。身材纤细、柔软，头对身体来说太大了。嘴巴很有表达力，一双手则很小，像是孩子的。眼睛给人最深刻的印象，它们反映了索菲娅的智慧，但它们也是温柔的，表达了一种同情的理解，能吸引出信任。这两个女人成了亲密的朋友，几乎每天都在一起。在社交生活中，能看见她们是不可分割的一对。在维也纳的塞克拉·霍德贝里绝望地努力维护自己作为安·夏洛特·莱芙勒知己的位置。在给亚当·豪赫的信中，安·夏洛特写道：除了他，她只有索菲娅。

心理的兴趣和思想的清晰，是她俩智慧的共同之处，艾伦·凯试图破译安·夏洛特·莱芙勒和索菲娅·柯瓦列夫斯卡娅之间的相互作用。她相信，这两个人之间有性情的相互补充。莱芙勒是清晰的、事实的、分析的，而柯瓦列夫斯卡娅是自发的、情绪的。索菲娅激情的天性对安·夏洛特是个促动，但也是她们之间产生冲突、分道扬镳的根源。在关于柯瓦列夫斯卡娅的传记里，莱芙勒记得这份友谊很专制。索菲娅关心的人不能有任何与索菲娅无关的感觉、欲望和想法。这样屏蔽式的嫉妒会让爱的关系几乎不可能存在。在朋友间则是一种破坏。在给亚当·豪赫的信中，能感觉到在索菲娅和亚当之间日益增长的对手情绪。这同时反应在安·夏洛特·莱芙勒的情感和文学活动中。

不过，1886 年秋，索菲娅·柯瓦列夫斯卡娅和安·夏洛特·莱芙勒有了个共同项目：做母亲。回俄罗斯探访后，索菲娅带回 8 岁的，生动活泼、充满幻想的小索尼娅，也就是小名叫"福珐"的女儿。而安·夏洛特·莱芙勒和古斯塔夫商量后，说服了亚当·豪赫，让他的大女儿，14 岁的珞珞和莱芙勒在斯德哥尔摩住上一段。她一直希望有个半大的女孩在自己的指导下。她相信，自己有影响一个未成熟头脑的天赋。在四个月的时间里，她将发泄沉睡的母性。同时，珞珞充当了父亲的联络人和代理人。她是安·夏洛特·莱芙勒和豪赫在秋天里持续讨论的话题。

上午，珞珞去中学。其余的时间用于阅读、玩耍、在森林散步。晚上，她会跟着一起去拜访索菲娅、尤斯塔和西格奈或者其他人。安·夏洛特还为珞珞安排了女孩派对，索菲娅和小索尼娅都参加了。她很开心。她告诉豪赫，当她和珞珞以及小索尼娅一起去学校，她觉得自己真是个母亲。她想给珞珞最大可能的自由。而珞珞是那么善良、真诚、美好和善解人意。在她这个年纪，得到关于职业的动力是重要的。这样的动力是学校。豪赫，你觉得珞珞做中学教师怎么样，难道这不是一个好主意吗？

还是可以感到，安·夏洛特·莱芙勒是以一种相当干扰的方式检查珞珞的一切。14岁的女孩可以读书架上任何一本她想读的书，但她不能在床上或在黑暗里阅读，也不能弄湿脚。她不能咬铅笔。最主要的，珞珞必须坐得笔直。"我一直敲她的背部好让她坐直"，莱芙勒写信告诉豪赫。她有一本记分册，每天记录珞珞的行为举止——这也是让珞珞反感的事。女孩写信给父亲，说安·夏洛特对她很专制。

新年的一周之后，珞珞回到哥本哈根。现在已很明显，女孩在何种程度上是安·夏洛特对亚当·豪赫的爱的避雷针。在秋天，只有一次，莱芙勒流露了自己压抑的感情。在她书写的对珞珞的向往中，如今主要是伪装了的给珞珞父亲的情书。他提出了自己的双重关系问题。她回答说，对豪赫自然是如此，可对于她，他是唯一的那一个，古斯塔夫不算。然而，在他们的关系中对与错的界限在哪里呢？什么是爱抚？只是身体的接近吗？她觉得不是。注视也是一种爱抚。在几米之外迎接他的凝视，而不觉得是一种身体的接触，她做不到。同样的，对于日常的握手，也是。他不该像他偶尔会说的那样，认为她爱的是一个幻想中的图景。他不该这样诠释这种神秘的、深不可测的、发生在一个人灵魂深处的东西——当这个灵魂最终拥抱的是对另一个人的爱。但假如他们的关系是错误的、危险的或者不道德的，那他们当然必须停止见面！

一周后，她的心碎了。她进入了对自己和生活的沉思。一个计划了很久的意大利旅行让她向往。也许她该立即动身？她得不到安宁。首先，部分是因为每年这个时节每晚都有派对。部分是因为，人们知道她不工作，会对她有压力。古斯塔夫不敢和妻子一起露面，这让她苦恼。另外，索菲娅在瑞典很不开心。她在俄罗斯待了五个星期后已回到斯德哥尔摩，但她只想到巴黎，和波兰及俄罗斯的虚无主义者在一起。从一个联系密切的人那里看到和听到持续的不满不是件有趣的事。

风向

这一时期，给安·夏洛特·莱芙勒最大压力的是正狂暴的文学风向的转变。1887 年 1 月，她在给豪赫的信中记录了对乔治·布兰德斯的失望，现在，他已放弃了对妇女问题的自由态度，更接近斯特林堡在妇女问题上的立场。在《结婚》及报端文章中，奥古斯特·斯特林堡带着几乎是滑稽的疯狂，攻击了女作家最柔弱的一点——没孩子。一个不能结果或者说没孩子的妇女是对自然的违背，他说，他也因此不认为，她对男女关系的观点会有任何意义。这就是安·夏洛特·莱芙勒在古斯塔夫和母亲跟前激烈维护过的斯特林堡，她不顾他的敌意，已准备好在劳伦基金上帮助他。

这一年，19 世纪 80 年代里斯堪的纳维亚有关婚姻的意味和有效性、男人的性道德、卖淫嫖娼、妇女的权利、妇女的地位和天性的争斗达到了高潮。要求婚前守贞的易卜生的《玩偶之家》《群鬼》，比昂松的《一只手套》是点火器。在挪威，汉斯·雅伽因为在他的小说《来自克里斯琴尼雅的波希米亚人》中描写了自由的爱和社会主义，被判入狱六十天。这本书被没收。甚至奥纳·伽博耶的《男人们》（1886）也在出版不久被查收。这是自然主义，几乎是动物主义的，描绘了年轻男人们在克里斯琴尼雅的性生活。"对肯定没想到男人会是这样坏的我们女性来说，是本非常沮丧的书"，安·夏洛特·莱芙勒写信告诉亚当·豪赫。克里斯汀·克饶格的小说《阿贝狄娜》新近也被查封。安·夏洛特·莱芙勒得到了这本书，觉得写得很好。这本书是关于一个贫穷的年轻女孩被迫卖淫——一个她在《如何行善》中也触及到的问题。

如同我们所看到的，安·夏洛特·莱芙勒在一部接一部作品中，强调了当时最重要、最富挑战性的问题。她用自己的头脑勇敢地做到了。她有意挑战了清教徒妇女运动。但她一直依靠同时期的北欧自由作家们的支持。现在，她觉得自己被抛弃了。甚至她的瑞典作家伙伴也让她失望。

她充分意识到同行的嫉妒，特别是男性。近来只有女性在文学领域有成效，比如她自己以及阿尔菲尔德·阿格莱尔。她的《夏天的童话》售出了超过四千册，这是十分突出的。斯特林堡是唯一一个得以发行第二版的作家，她补充道。她估计自己其实有更大的读者群，因为一本售出的书起码有十个读者，假如考虑到图书馆和海边度假地的读书小组。她意识到，这自然会引起男人的愤怒。不久前被看作"年轻瑞典"的领袖的她，现在已没有任何圈子了。

1886 年秋天，斯泰拉·克莱薇，一个年轻的野心勃勃的女作家对阿尔菲尔德·阿格莱尔和安·夏洛特·莱芙勒也展开了公开的攻击。在一篇文章中，她形容她们是模仿易卜生的作家，勾住了一个重要却陈腐的道德主题。她承认，起初，她们的愤怒是有道理的，但如今已经说过了！让我们终于可以避免一次次重复听同样的事吧！要是她们还要来，男人们只会变得愤怒。这是个没头没脑的不忠诚的攻击，最重要的是，克莱薇没考虑安·夏洛特·莱芙勒在很多小说，在《真正的女人》及《一个夏天的童话》发展的心理意蕴。因此这也是对安·夏洛特·莱芙勒进行颠覆的问题。克莱薇做到的，主要是将武器放在那些有此类反应的人们的手中，包括愤怒的道德上的保守群体和对现状窃喜的自由派绅士们。

毫不奇怪，安·夏洛特·莱芙勒感到被遗弃。她从前的盟友已疲倦于她的理想主义的改革热望，并对她的愤慨打喷嚏。同时，因为和亚当·豪赫的关系如今人人皆知，她很受伤。在哥本哈根，布兰德斯嘲笑他的朋友豪赫，说是，豪赫可能真需要和埃德格伦太太柏拉图恋爱一番，因为他妻子生了那么多孩子后筋疲力尽了。比昂松 4 月从巴黎来信，提起警告：她对豪赫的爱对写作不利。她得外出旅行。到巴黎，重新变得健康和诗意。

对策

1887 年 2 月，安·夏洛特·莱芙勒在气馁和好斗的能量间摇摆。在最好的时刻，她神清气爽，因阻力而兴奋，开始了新小说的创作。在《一个夏天的童话》之后，她只写了个短篇《一条面包》。眼下，她感觉自由了。能再次工作，就像是重生，她写信给豪赫，具体形容在这一充满灵感的阶段的感受：

> 是一种奇怪的伴随着磨损、冻结的焦虑。一千次的疑惑：真是值得的吗，我做这一切够好吗？我能带来想要的吗？这真是我想要的、有意义的吗？

她认为新小说将是对不同阶层的当代未婚妇女生活的

广泛写照，将被称为《在婚姻之外》。这个话题在上一个夏天就已浮现。在一次和比昂松的谈话中，她有了这想法。比昂松脱口而出，每一个女性都有权要孩子；假如女性自己没有，就有权要求男性。这个话题很有趣，也很让人感激——她对豪赫指出，她想到拿好几个单身女性做原型。有一些女性不适合婚姻，但假如她们有个孩子抚养，会很幸福。这个故事也是对伪装的道德妇女的一种抗议，就像阿尔菲尔德·阿格莱尔在其戏剧《孤独》里表现的。她不理解，为何恋爱关系中的女性总是被诱惑的一方，永远都不是自由地有意识地给予的一方？她想象新小说会是奥纳·伽博耶的《男人们》的一个对应。假如他展示了我们社会里的单身汉，她要谈谈单身女性怎么生活！

当安·夏洛特·莱芙勒在很早的阶段和豪赫谈起自己的小说计划时，情节显然是个让人吃惊的白日梦。女主角不是作家，而是一位中学女教师。这个职业自从莱芙勒入中学就是她的理想。男主角坚强有力，就像豪赫。也和豪赫一样，他有妻子和孩子们。不过他的孩子们很弱。中学女教师希望跟他有个健康的孩子。对这孩子而言，她必须既是父亲也是母亲。这是小说的出发点。

这个想法的艺术形式，是安·夏洛特·莱芙勒听艾伦·凯谈艺术家伊达·埃瑞克松的故事时找到的。有才华、有强烈愿望也十分勇敢的，比莱芙勒小四岁的女雕塑家成了女作家想象的化身。没靠父母帮助，伊达独自闯荡。艺术学院看到她的才华，资助了她。5 岁的女儿尤迪斯，是她和一个已婚歌剧演员的私生子。当她自豪地将爱的结晶暴露给艺术学院院长时，他取消了发给她的旅行奖金。借着友人们的帮助，她得以支付在巴黎工作和学习的费用。尤迪斯寄宿在瑞典的伊达妹妹家。1886 年秋天，伊达回到斯德哥尔摩，公开承认她的孩子。安·夏洛特·莱芙勒遇到了伊达·埃瑞克松，被她的故事感染。她形容小尤迪斯是最可爱的红卷发的 5 岁小天使。

这个她在生活中找到的故事就像点燃了火花。原先的一个单纯动机如今形成了活生生的生活。

所有的人都怀疑她是否真该处理这样一个敏感话题，连最亲近的朋友都不鼓励。她选择了一个中学女教师做模特，注意地研究她。这个女孩丑陋而男性化，但容光焕发、开心活泼。

比昂松支持她。可她得小心。她必须明确女主角不是不道德的。她只是想在没有男人做生活主宰的情况下有个孩子。性感的元素必须低调，以免吓跑一些读者。

就在她得到这些警示之前，作者自己在考虑对女性性欲的态度及在当前辩论中的立场。许多男性作家认为，严格的道德让女性无性，这在他们眼中是减少了女性的天然特质。另一方面，性被看作能使女性自由于爱，就像男人一样。针对这个观点，她做了个冷静的反对，怀孕的危险意味着，自由的性生活对女性的干预比对男性的更强。

让她更感兴趣的是问题的心理层面。越是想象她的小说，越觉得和起初设想的比，越发被卷入悲剧而不是喜剧。她不能说谎或闭上眼睛，硬是让女主人公幸福。不是革命式的，相反，她的小说将证明古老而琐碎的真理，婚外妇女的贞洁是妇女自己的兴趣。这并不是她脑子里想的，但她不能弯曲事实真相：

> 一个作家自然绝不能宣扬教条。他在真理的选择上必须诚实，沿着真理指向的道路。看看会通向何处。

圣诞节前，安·夏洛特·莱芙勒休息了一下，写短篇小说《一条面包》。在1887年2月初，她写了两章《在婚姻之外》。她打算交给阿尔伯特·伯尼尔斯出版社12月出版的登载文学、历史等文字的《瑞典大众日历》。这对《在婚姻之外》是个成功的介绍。小说生动、原创地呈现了妇女群体。很多读者认为它出奇地生动，而她从未写过比这更好的作品。她自己觉得，小说一旦全部完成，会挑起一场风暴，而她必须离开这个国家。

在维也纳的塞克拉·霍德贝里的反应表明这故事十分大胆。在主人公身上，她发现了考奈莉娅·帕尔曼的某些特征。整个话题难以置信地有趣，她说。她甚至猜测这个人是个女同性恋者。不过，考奈莉娅因肺病刚刚去世，作家很难摆出某些关系，给这位未婚女子投上新的真实之光。

然而，小说可能是一种新观点的完成。索菲娅·柯瓦列夫斯卡娅建议过一起写一出双重剧，一面反应是"怎么样"，一面描述"原本可能怎么样"。安·夏洛特·莱芙勒觉得这想法很了不起，想象着自己和索菲娅会写出一部伟大作品。索菲娅对观点的内涵负责，她完成剧本，写出副本。五天后，她写出了第一个剧本的草稿，一个序幕和五幕剧。

　　对索菲娅来说，这个合作是斯德哥尔摩的不快的避雷器。虽有学术和社会上的成功，她觉得还是在自己出现的男性领域里受到伤害。而且，她的个性在合作中开得更盛。对安·夏洛特·莱芙勒来说，她把和索菲娅的合作看成避难所，同时，可能也是从有争议的小说题材中的逃避。外头，道德争辩的风已经愈刮愈猛。也能想象，她这是在经历一种在和有大学教育背景的哥哥们的关系上的下意识的复仇。就是说，索菲娅发展了一种科学理论来支持她俩的双人戏剧。莱芙勒因此可支持一种理论知识，一个她以前不能企及的东西。

　　一个月后，3月3日，安·夏洛特·莱芙勒就找到了表述最初的不和谐音的形式："索菲娅现在说，一旦我给她一根手指头，她就抓住整个手，我将一辈子都离不开她。"两周后，她禁止索菲娅在剧本完全写好前到自己的工作室来。索菲娅心都碎了，但安·夏洛特·莱芙勒因为她们之间频繁的合作已很受打搅，失去了轨道以及和人物的接触。

现在，她对豪赫解释，她的力量在于孤独的工作。而今她对孤独的需要因为索菲娅而被扼止，"我的个性淹没在她的个性里了"。

第一个剧本写好后，和往常一样，她拿家人做实验观众。第一次的阅读压力很大。"在人跟前显露自己隐秘的爱，是一件令人讨厌的事"，她对豪赫抱怨。试想，要是她和索菲娅的凤凰变成了普通的大雁！结果比想象的要好。大家觉得很容易理解，也很有效。

然而，亚当·豪赫对这两个女友有勇气的戏剧尝试怎么看呢？要是他觉得这个剧不成功、陈腐、凌乱、不合心理、不够戏剧化，可怎么好呢？安·夏洛特·莱芙勒在3月写信给他。不幸的是，这正是他的看法。虽然，他试图不要评论得那么尖锐。5月初，她被他的批评弄得完全泄了气，不能再看到这个双重戏剧的好处。她处于一个阶段，在那里，一切都是悲哀的。这和不过几周前她刚结束第二个剧本的第五幕时的狂喜是个强烈的对比。

一只迁徙鸟

夏天的计划常常改变。1887年5月16日，作家离开了斯德哥尔摩，四个月后才会首次返回。她意识到自己的不安宁。她认为，她出生于10月1日是个事件，但看起来就好像暗含着某个深意。10 月 1 日是个重大的日子，许多家庭在这一天迁居，因此，她有迁移的天性十分自然。

在哥本哈根，她还是和以前一样得到了在斯德哥尔摩得不到的瞩目。一个妇女组织和一个学生协会为她组织了庆祝活动。还有召集了很多艺术、文学、科学、政治人物领域重要人物的私人晚宴。她得到很多赞语，人们称赞她这个作家的重要性。她获取了灵感，有强烈愿望写出更多作品以不辜负自己的名字。

在哥本哈根，也有机会对文学界的朋友阅读新作品。对豪赫夫妇，她读了短篇小说《一条面包》，这显示了她这方面一定程度的钝感。小说的第一部分讲述一个有很多孩子的家庭，疲惫的妻子和分心的丈夫。原型很明显是豪赫一家。有趣的是，豪赫试着将这故事译成了丹麦语，这显示了他这一方的巨大宽容。

分别一年后，她第一次再见亚当·豪赫时，却似乎很僵。梦结束了。她一到就写信给索菲娅·柯瓦列夫斯卡娅。她无法理解，会和这样一个家庭的老父亲有一段罗曼史。但通常，她的情绪摇摆得如同 4 月的天气。在和豪赫一家两星期的日常接触后，这段旧情开了花。她告诉母亲，她对他的爱是不能改变的，是终身的。这是她一生遇到的唯一真实的幸福，她会不惜一切代价避免失去它。

她继续旅行，和尤斯塔及他的妻子到了伦敦。他们的目的是帮助神经有病的弗瑞兹回斯德哥尔摩的家。这段时间，重点是让他安定，替他做好安排。一切都顺利。夏末，弗瑞兹在一处靠近母亲和哥哥、妹妹的地方安顿下来，有管家兼护士。

甚至在伦敦，瑞典作家也受到了关注。她参加了不少活动，包括皇家科学院的宴会，在那里，遇到了所有的伦敦名流。她告诉母亲，这非常有趣。她遇到了南桑威奇群岛王后。这个让人印象深刻的女人是来伦敦庆贺维多利亚女王摄政五十周年的。

一次对法院的偶然访问也成了报上的文章。和先前的她关于伦敦的文章比，如今的这篇表明了一种新的有趣的安全感。对离婚裁判的描写是具体的、聚焦的、戏剧化的。她自己对判决过程的态度很是公开。被虐待的年轻女子恳求摆脱痛苦的婚姻获得自由，而法官对女子采取了一种严苛的高高在上的态度，莱芙勒对法官的行为提出了明确的指责。他的行为和中世纪的氛围吻合，标明了整个裁判的特征，整个审理过程——让女子公开陈述丈夫的虐待——就跟审判女巫一样。

接着，她跟随古斯塔夫·埃德格伦在荷兰的海边度假地斯赫弗宁恩待了四周。他们住在雅致的宾馆嘎尼，享受新鲜的空气和几十公里长的海滩。在那里，她穿着裙子骑马，体验一种特别的马车海水浴，研究渔民们掌控船只的高超技术。但她最喜欢的是坐在沙丘之间的避风处阅读。

也许，她坐在阳台上，写出了8月里登载在斯德哥尔摩报纸上的《来自斯赫弗宁恩的夏日图画》。在这里，她利用对有个性细节的锐利观察力和感觉，总结了在这优雅的海边度假地的个人体验。同时，她通过吸引读者的视觉、听觉、触觉和嗅觉，将生活和颜色表现出来。这是一个有效的新闻工作，带着轻快的对市场的触及。她保证，这里有可以让夏日的停留愉悦、享受和多样的一切。

然而，她被无所事事折磨着。只有在创作时，她才是健康与和谐的。之前，她的白日梦明亮而带着微笑。现在，常常是病态的自我反省，剥夺了她的能量和生活愿望。她的想象力跑走了。6月26日，在一封给豪赫的异乎寻常的暴露的信件中，她释放了对他作为一家之主的男人的看法，以前，她一直是很小心。她甚至建议他离开家：

> 让我们移民到加利福尼亚，在那里，你可以创办学校。和旧传统决裂或许是有压力的、艰难的，但经过这个浴火，灵魂可以坚强和重振。

可这下她走得太远了。豪赫让她得知这一点后，她回答得很具攻击性，说他是个没心的、冷血的物质主义者。而她自己，自由得就像鸟儿。

不过，安·夏洛特·莱芙勒继续和亚当·豪赫联系。和母亲古斯塔娃一起，她在丹麦的渔村逗留了五个星期，这样，有足够的可能性和他在一起。他妻子似乎接受了这个局面，不担心有任何欺骗。日记显示，安·夏洛特·莱芙勒几乎每天都和豪赫一家在一起消磨。不管是水浴、航海还是散步。古斯塔娃的作用就是一条围裙，也是一种关切。她知道自己女儿和豪赫之间的关系一触即发。安·夏洛特说，豪赫在艰苦奋战，他是自己的主人。她的情况更糟，因为他对她有强大的控制力。我们只能想象，日记的记录背后省略的一切：

> 沙滩路——解释！（87.8.1）
>
> 其他人早就回家了。H留下来和我在一起。最后一个夜晚！（87.8.16）

从丹麦，安·夏洛特·莱芙勒和母亲到了塞尔岛，哥德堡南部的一个海边度假地。在这里，和阿克瑟·蒙特医生，一个她三年前在巴黎遇到的人重新有了联系。稍后，他会是她的一个具有很大实用价值的朋友。作家在塞尔岛的第一天躺在岩石间哭泣，29岁的蒙特和女作家一样忧愁。有好几天，她起到了一个忏悔妈妈的作用。她写信告诉豪赫，这样的事常发生，人们信任她，因为她掌握了"倾听的伟大艺术"。通过这个途径，她学到的最多。对她来说，蒙特是一项有趣的心理研究，可以分散她自己的忧郁。

阿克瑟·蒙特的情况很糟。夏天，他因肺出血已在德国黑森州的巴德施瓦尔巴赫接受了护理。但最重要的是，他背负着一个不幸的婚姻。作家认为他是个十分特别，也很讨人喜欢的人。她激动地告诉豪赫，蒙特如何在那不勒斯严重的霍乱流行期间将生命置于危险，如何攀登勃朗峰并在峡谷中非凡地获救。打那以后，他骑了六百公里，穿过阿尔及利亚沙漠以治愈冻伤的腿。她显然是被蒙特著名的编故事能力震动了，还有他一再被见证的魅力。

蒙特最好的地方是对意大利的爱。他将要离开巴黎移居意大利。他们说不定可以是旅伴！除了他，她想不出能有更好的男性旅伴。她相信，他属于那种男人，融合了男人的雄性独立和女人的温和、善良。

为了幸福的争斗

几天后，安·夏洛特·莱芙勒出现在哥德堡的派对上。她的社交网络没任何问题。孤高排外的社交圈"火花"为路过此地的著名挪威剧作家亨利克·易卜生庆祝。几天后，她和易卜生一起乘蒸汽船"谷神号"，经由约塔运河前往斯德哥尔摩。

在这次旅行中，易卜生和安·夏洛特·莱芙勒有很好的接触。他在斯德哥尔摩停留期间，他们也有不少交往。他对她是那么民主地友善，她简直有些困惑。她觉得，他对她的创作知之甚少，这只是个人的同情。起初，她以为他是寡言而有趣：一个奇怪的孤独灵魂。近距离接触后，她意识到，他不过是有点害羞，需要一个能表达自己的特定情绪。

亨利克·易卜生停留斯德哥尔摩数周，得到了极大的瞩目。安·夏洛特·莱芙勒不是唯一一个被他俘虏的女性。她为他安排了一个有三十人参加的晚宴，他被一群乐于聆听的女性围绕。带着一丝兵刃般的冷峻，他能说出特别锐利和尖刻的话来。而在斯德哥尔摩一个大型宴会上，他做了在这个圈子里有过的，最革命的讲演——这使得他格外有魅力。

报纸描绘皇家剧院为《人民公敌》举行的演出晚会，称易卜生被一大花束的女士围绕。安·夏洛特·莱芙勒是其中的一个。她告诉豪赫，"你无法相信，报纸议论得有多厉害。"所有的流言小报拿这个挪威剧作家和他的崇拜者取笑。她相信，女性对易卜生感兴趣，是因为，他和所有作家一样是个为了未来的人。

在刚结束了四个月的旅行回家后，女作家总结了自己的感情。她难以否认，虽然她不在意奢华，但还是觉得家里很漂亮。她从伊达·埃瑞克松那里得到的礼物——雕塑《朱迪斯》——给她的被绿色植物环绕的沙龙增添了风格。根据圣经，那个砍下了亚述军队统领赫罗弗尼斯头颅的女人，被雕塑家塑造成一个摩登、裸体、身材匀称的女人，正朝向未来行进。她胳膊底下有赫罗弗尼斯的头颅。她战胜了男人。

安·夏洛特·莱芙勒对自己说，她有一切可以让自己对生活满意的理由。她发现索菲娅心情不错，充满生活愿望、工作和计划。她的哥哥尤斯塔和弗瑞兹以不同的方式需要她。她的丈夫古斯塔夫很开心妻子回到了家，尽其所能让妻子满意。她充满工作的欲望，于是，一周只留一天的时间接待来访。

让她担心的是自己和豪赫的关系。该如何发展？《为了幸福的争斗》也是，她和索菲娅的这个双重戏剧显得比当初以为的难以实行。现在，她把这个项目看成是个不幸的孩子。有一个月，她高强度地工作，甚至脖子的肌肉都疼了。为了更强健，她喝牛奶，吃燕麦粥。终于，她把手稿交给了皇家剧院。这个过程中并非没有冲突。亚当·豪赫和索菲娅·柯瓦列夫斯卡娅之间的对手关系已很明显。索菲娅恼火安·夏洛特·莱芙勒那么重视豪赫的意见，一天晚上，终于爆发了一场巨大的争吵。索菲娅希望剧本保持从前的样子。安·夏洛特狂怒地维护自己的再劳动，威胁说要扔掉全部剧本。最终作家双人组达成了和解。

《为了幸福的争斗》真是个有趣课题，和当时为自然科学启发的对人的看法相应和。就像左拉在他的有关卢贡-马卡尔家族的系列小说中研究了基因和环境对家庭内个人的影响，安·夏洛特·莱芙勒和索菲娅·柯瓦列夫斯卡娅想象出了一个类似的戏剧版研究。不过有关两个版本的故事的想法也受到数学和力学的启发。要探讨一生中一个关键时刻的作用，看一个被系在柔软绳索上的小球在受到强烈的撞击和轻轻撞击后的区别。不过他们也要调查，这个效果在非常相似但还是完全不同的人之间会有多么不同。平行的戏剧将被视为文学形式的科学实验，是大胆和卓有远见的想法。

不幸的是，两个女作家迎合她们要说明的问题，对虚构的人物做了调整，这就破坏了说服力。这改变了实验的出发点，也改变了读者和观众比较个人反应的机会。当你很难认出两出戏中是同一个人，就会降低实验发展的兴趣。此外，所有人物的心理设计是基本的、不完备的。还有，当事件发展的外部情形不明确时，缺乏可让文字实验有意味的必然逻辑。

《为了幸福的争斗》在12月初出版成书时，安·夏洛特释放了所有的幻想。评论证实了她不祥的预感。最重要的是，毫不意外，索菲娅·柯瓦列夫斯卡娅的力学图景挑战了批评者。《为了幸福的争斗》让人最不难接受的，最积极的方面是，这个剧本处理的是时下的两个热点问题：婚姻问题以及劳动者工作和获得合理报酬的权利。但大多是表达了对这些问题的传统和道德的看法。不出意料，皇家剧院拒绝了《为了幸福的争斗》。

挑起社会流行的假正经的，是报纸对12月中旬在皇家剧院再次上演的《真正的女人》更清楚的表达。一家报纸批评这出戏是恶毒和愤慨的作品，是一个审判，埃德格伦太太要伸出复仇的手臂摇晃男性，她的观点是反复重现的沉闷的千篇一律。另一个评论者也持同样的观点，虽然，就在半年前，他还称赞安·夏洛特·莱芙勒是和斯特林堡比肩的、我们新时代文学的骄傲；也曾提及《真正的女人》是她舞台作品中最伟大的。让人困惑，变节的背后到底是些什么。

安·夏洛特和批评界及作家同仁的蜜月已经结束。妇女问题在调味的谈话中被允许短暂开花，但如今，已被认为过时。她的由索菲娅·柯瓦列夫斯卡娅点燃的政治承诺甚至对她的朋友们也是过于挑战。"这里的反应糟透了"，圣诞刚结束，她就对豪赫吐露，而且家里实在无聊极了。她感觉被那些需要她关注的人弄得筋疲力尽：古斯塔娃身体不好；弗瑞兹受抽搐和窒息折磨；尤斯塔觉得对妹妹来说，自己太渺小；嫂子西格奈嫉妒索菲娅·柯瓦列夫斯卡娅；更不用提古斯塔夫，老是抱怨她总不在家，他的太太身边越是有风暴，他就越是烦恼。她早就明白，她的婚姻是死了。现在，古斯塔夫的不断关心只会让她不舒服。

索菲娅·柯瓦列夫斯卡娅也需要照顾。她的姐姐阿纽塔 10 月份去世，她变得特别脆弱。她会突然地愤怒、恸哭，因此只和莱芙勒一家来往。在得到《为了幸福的争斗》的反馈后，她已准备好上吊自杀。另一方面，她完全投入于一个数学项目的竞赛，是为了极富声望的法国科学院博丹奖。安·夏洛特很清楚，她和朋友的文字合作是一条返回的小巷，她们的友谊如何发展还不确定。作为共同生活的一段记忆，就让她们一起拍个照。

她对亚当·豪赫坦白，他还是那个把她的快乐抓在手心的人。她可怜巴巴地希望他们可以一年至少见上一次。同时，她有时也能从他那里让自己自由，想象着有另一个人取代她心中亚当的位置。此外，是她常常描述的情绪：生活正从她的指缝间流走。她刚满38岁。19世纪末期，生活周期的观念和今日不同。人们并不指望能长寿，特别是，女性很早就衰老并进入更年期。

女作家在新年前的情绪及计划已久的外国旅行间摇摆不定，这造成了一些奇怪的表达。对于最向往的圣诞礼物，她要的东西能让后人进行一个弗洛伊德式的沉思。那是一把讨人喜欢的长长的匕首，有薄而锋利的"已喝醉人类鲜血"的刀片。在一个圣诞晚会后，回家的路上，她和索菲娅及两名男性朋友一起走在冬夜里，雪在繁星密布的天空下闪烁。为了证明她不是被广泛认为的那样漠不关心和冷血，她躺在雪地上，摊开胳膊和腿，做出雪天使的样子。"那太不体面了！"斯德哥尔摩的一些地方在第二天就喊了起来。

对安·夏洛特·莱芙勒来说，是时候摆脱所有围绕她的全部的要求、传统的期望和批评的裁判了。她当然自我感觉很不好，让家人和朋友们伤了心。但她有一种预感，这次旅行将标志着自己生命的转折点。现在她期待完全的自由。

第九章

决裂：1888 年

到意大利

"我几乎不再考虑剧本，也不考虑先前的作品"，安·夏洛特·莱芙勒离开瑞典前不久，得意地写信给豪赫。她说自己好像是一条母狗，一旦孩子们不需要奶水，就不再关心它们。现在，她集中注意力于文学事务。她需要到罗马，为《一个夏天的童话》第三部分收集印象。先前，她为乌拉·罗森汉娜将来的生活所做的设想，如今可以在现实中扎根了。

1月11日，作家乘火车离开斯德哥尔摩中央火车站。因为没找到合适的旅伴，她丈夫必须伴随她到德累斯顿。这样安全些，也可压制关于离婚的流言。长时间的海外旅行确实常常是离婚的前奏。报纸报道了她将要开始的海外旅行，各种猜测扑展着翅膀。近来，她的朋友和相识都来询问，以便说再见。许多朋友在火车站和她挥手作别。

在哥本哈根及柏林稍作停留后，他们继续旅行到德累斯顿。每一次和朱丽亚及乔治·冯·渥尔玛这一对接触，古斯塔夫都紧张地回避。在柏林的一名瑞典大臣已解释得很清楚，像埃德格伦这样高职位的官员和社会主义者接触，能让德国和瑞典不得不进行外交照会，还会挑起很多其他的麻烦。所以，古斯塔夫得尽快返回瑞典，但他试着在哥本哈根拜访豪赫。妻子在外旅行时，他愿意见见她的朋友，谈论她！虽然，她早已对他厌烦，安·夏洛特·莱芙勒还是有些伤感。古斯塔夫走后，空落落的；古斯塔夫一定也会觉得空空的不舒服——她因此自我感觉很不好。

安·夏洛特·莱芙勒在冯·渥尔玛家街对面租了间小屋住了几天。朱丽亚这个雅致的、从小养尊处优的上流社会女子，如今和丈夫住在只有一些简单家具的狭小的两居室里。好房子的主人不敢有什么社会主义者做房客。夏洛特很开心能见到善良和亲切的朋友。这两个人的共同生活符合她的理想。以前那么疲惫、冷淡的朱丽亚在对乔治·冯·渥尔玛的爱情里盛放。而他自己是个不寻常的人：那么智慧、坚定、勇敢，同时那么无私和温柔。他就像是个女人，她觉得。

经过蒂罗尔到维罗纳的火车旅行中，能看见白雪皑皑的山顶和山谷，这不是什么新鲜的体验，看起来就像在挪威的旅程。独自在车厢里，她思考着《一个夏天的童话》的第三部分。这会是对刚刚去世的大艺术家乌拉·罗森汉娜生活的一系列回望。在车厢里，这些关于乌拉的历史的有趣想法冒了出来，她期待开始写这个故事，她只需把它停靠在意大利的现实里。

在这没有一个固定旅伴的自愿流放中，安·夏洛特·莱芙勒愈发依赖和最亲近的人的书信联络。几天后，她刚到罗马，因为没有家里的信几乎歇斯底里。试想，假如在这段日子里，家里发生了什么！她告诉豪赫，那天夜里，她梦见自己突然被召唤回家，醒来痛哭了一场。她写了很多信——有时是相同的对自己情况的通报——她期待迅速和彻底的回复。她的密集通信很费时间和精力，但显然，这对她很重要，她听任书信干扰自己的文学创作。

不过，她给豪赫的信有另一个作用，就是交流信息、交换想法。这给她一个彻底分析自我的机会，而她能以此作为创作的原始材料。她对启发了法国作家，比如保罗·布尔歇、J-K·于斯曼、莫泊桑，以及瑞典作家奥拉·汉森、维多利亚·班尼迪克松的同样的时代潮流很是敏感。在一封信里，她对"自我约束"的概念做了详细分析和总结，这个他允许用在她身上的概念，不，她没有自我约束；相反，在她身上是有些什么被打破了，这给她的行为带来完全不同的意味。以同样的方式，她小心分析了和意大利人接触后的情绪反应，发现了自己的新属性。与人及环境接触时的新的敏感，给她在这一年晚些时候写出的来自非洲的系列报告增添了色彩。

安·夏洛特·莱芙勒是在2月3日下午抵达罗马的。天上下着瓢泼大雨，路上都是泥，她从未见过比这更糟的局面，比斯德哥尔摩糟多了！找寻了一番之后，她租下了一个大大的、有漂亮家具的房间，一个律师家庭是她的房东，房租合理。在这里，她停留了约两个月。

像在所有的海外旅行中一样，安·夏洛特·莱芙勒带了一大叠介绍信，以便帮她打通连接各个社会圈的道路。不久，她满足地通报索菲娅·柯瓦列夫斯卡娅，所有的大门都对她敞开着，虽然，人人都说要进入意大利人的圈子很难。同时，她对社会游戏保持讥讽的距离。每封介绍信都写到她是瑞典最伟大的女作家。她能在任何地方生活！

在罗马生活了二十年的丹麦雕塑家路易斯·哈瑟瑞斯立刻成了她停留期间的同伴、向导和帮手。她对他印象很好。他别具一格又令人愉快，她告诉母亲。第一天，他陪她去了古罗马广场、卡比托利欧山和罗马斗兽场。他们也远足到罗马平原。但最重要的是，哈瑟瑞斯把她介绍进了斯堪的纳维亚艺术家圈子，而这正是她此行的主要目的——这正是乌拉·罗森汉娜的圈子！在这些斯堪的纳维亚人进出的简易餐馆里，第一天晚上，她就撞上他们庆祝芬兰诗人路德维克·路内贝里的生日。

她告诉古斯塔娃，在罗马，在两处截然不同的饭店，有两个斯堪的纳维亚人的固定团体。一个稍贵，叫"大卡伊若"，在特瑞托纳街。她通常是在自己住的瑞派塔街上那间小小的简易饭店"三件武器"。她常在这里和哈瑟瑞斯及他的朋友们坐到十一点。假如天气好，他们也会继续到其他餐馆或在街上转悠。她对自己简单而自由的生活非常满意。乌拉·罗森汉娜一直在她的思绪里，她想象着乌拉及其画家儿子的生活。

她也得到了罗马文化界几个重要人物的邀请。一个是和富裕企业家结婚的女雕塑家阿黛拉伊德·潘迪阿尼·玛拉伊妮。她住在一个颇具盛名的带"电梯"的现代宫殿里，莱芙勒受邀去进晚餐。在那里，她第一次说意大利语，并得到恭维。可她不开心，虽然她擅长语言，但仍需要老师。不久，她有了一位老师，是个中学教师。通过他，她学习意大利文学和语言。

在拜访被高度重视并和文学有关联的侯爵夫人范努提之前，安·夏洛特·莱芙勒异常紧张。她头上戴什么好呢，戴蕾丝面纱行吗？她买了顶正式的访客帽，不过她对在斯德哥尔摩订做的新裙子很满意，还有黑色的带羽饰的外套。

有时她会去剧院。一个晚上，她看的是著名女演员埃莉诺拉·杜丝的表演。另一个晚上，她去的是群众剧院，那里有天真的观众生动地参与了表演。她告诉尤斯塔，他们对每一句美丽的台词喝彩，用暴力的叫喊嘘退所有不好的情绪。另一个民间的体验是，她在拜访哈瑟瑞斯的大理石切割工一家时体验的音乐之夜。那真是个音乐之家，她说。三个儿子和父亲一样，都是大理石切割工。环境很简单，只有藤椅和砖头地面。他们招待了葡萄酒和全麦面包。三个女儿唱歌，弹曼陀铃。

带着不减的愉悦，她在天主教的罗马探索一切她可以触及的。在罗马的第一天，就已访问了马杰奥尔圣母玛丽亚大教堂，被这威武的大殿迷住了。不过她觉得圣彼得大教堂实在是太大。出于好奇，她观看了教皇礼品展，感觉有些东西十分没有品味。她特别查看了一个等身大的基督蜡像，在十字架下弯曲着，穿着有金色图案的紫天鹅绒外套。在那整个的辉煌中，基督在十字架上的撒娇困扰着她粗糙的新教徒神经，她认为，这是"异教徒的、愚蠢的、侮辱人的崇拜"。考虑到她接下来的发展，这是个有趣的看法。

在罗马的时间过得飞快。3月初，她就计划离开。尤斯塔·米塔格-莱芙勒应邀将参加在阿尔及利亚召开的科学会议，他可以携带妻子和其他家庭成员。他于是邀请了妹妹。阿尔及利亚方面将盛情款待，已安排了好多参观和旅行。她很兴奋，可还是担心钱。因此她让尤斯塔和《斯德哥尔摩日报》联系，看他们是否需要她给报纸写些游记。报社很感兴趣，陆续收到了题为《来自地中海的另一边》的女作家不下十二封的信。

来自地中海的另一边

这一次，不是亚当·豪赫，不是古斯塔娃·莱芙勒，也不是朋友们得到最详细的来自安·夏洛特·莱芙勒的旅游报告。而是《斯德哥尔摩日报》的读者们第一个获得她踏上阿尔及利亚大地的印象。她把这项工作看得很严肃。她非常熟悉历史和当前的社会状况。她抓住并反映出自己看到的和感觉到的。她的日记简洁，然而是包含详细数据的细致描绘。"St Lucien[①]。阿拉伯帐篷。殴打，骑马。晚上的照明"——她这么写。从罗马出发之前，她购置了摄影器材，打算有可能就使用。结果是生动而丰富的故事（然而，没有照片）。

"人们在家里轻易地想当然，以为世界就和他周围的一样。"——她在第一篇文章中写道。但在这里，在阿尔及利亚，她遭遇了一个世界，一个让她充满了惊奇和恐惧的混合感觉的世界。她为自己在阿尔及利亚街道逡巡时的锋利匕首而高兴！就连天气也是异国情调的。在一个漫长的罗马的冷春后，她遇到了蒸笼一样的热。夏天已来临。茂密的植被把她压倒，那些野花让她觉得自己是格列佛在巨

---

① 如今这个地名叫 Zahana。在阿尔及利亚。

人国里。在乡下旅行期间，她得以体验丰富的水果，包括杏仁、橄榄、石榴、无花果、樱桃、苹果、核桃、柠檬和葡萄。

然而，法国的殖民力量对古老的阿拉伯文化究竟是什么影响呢？她试图搞清楚，从远处给阿尔及尔人一点暗示，她说。古老的摩尔古城神秘而不可思议地屹立在悬崖之上，而法国部分的城市却是异样的和暂时的。殖民将原野改造成了麦田和葡萄园，她继续解释。这个国家已大踏步地发展，地价增长迅速。这对土著来说意味着什么，她没提。然而，她意识到，对殖民力量的抵制依然活着。阿拉伯人确实被镇压了，但在内部依然反叛。法国人用头衔及高薪职位赢得部落头领。她讥讽地记录：欧洲人吹嘘的文明的影响在这里和在其他地方一样值得怀疑。这是两个不同世界的问题，那里的想法、观念、感情和同情从不相遇，彼此也不了解。人人都设法欺骗人人，不满在发酵。她担心很快会有公开的暴乱。

通过两个环程旅行和在阿尔及尔一周的停留，安·夏洛特·莱芙勒有机会加深和这个国家的接触。为了给科学会议的参加者留下深刻印象，活动还模拟了由大批武装了的阿拉伯人袭击外国人并包围他们的游戏，可把一帮外国人吓坏了。每个人都被放在了马或骡子上——绅士们在有靠背的阿拉伯马鞍上，女士们靠着带彩色记号的草垫。每匹马都被一个戴斗篷的人牵着。所有的人欢呼着、指点着，不时地有某个穿戴着飘曳的红色或蓝色长袍的阿拉伯酋长，让火一般热烈的白马，脚尖旋转和后腿站立。

突然，莱芙勒的牵马人跳上马，带着她飞奔而去。她意识到自己是个俘虏，真的怕了。不过，历险以抵达一个帐篷而终结。那里有一群女人，用凄厉的叫声和喜悦且友善的手势迎接了她。她发现，女人们都有浓重的文身，前额和下巴上有十字图案。眉毛连成厚厚的煤炭一样的一条线，手上画得好像有个银手套，手指和手掌都被指甲花染红。她们都穿着白衣衫，戴着贵重珠宝。好奇是相互的，妇女们探查了瑞典女人的皮肤和头发。莱芙勒的恐惧消失了，很快，她将被邀请到酋长家进晚餐。

穆罕穆德主义是特别压制妇女的一种宗教，她这么写信告诉亚当·豪赫，说妇女基本都是步行，而男人却骑马。她在游记中特别留心了妇女的状况。她很快注意到，几乎没有女人在大街上。同一天晚些时候，她看见一群女人搭公共马车去洗澡，她详细描写了她们的衣着：除了通常的头巾，在街上，她们用白布严密地裹住脸，只有两只眼睛是自由的。

当安·夏洛特·莱芙勒有机会见证一场阿拉伯婚礼时，她吃惊于新娘根本看不到未来。因为如果丈夫不满意或她生不出孩子，这个妻子随时能被退回娘家。另一场婚礼有一周的庆祝活动。与此同时，新娘被关在房内，坐在垫子上，眼睛看着地面。她看上去似乎在准备上绞刑台——莱芙勒写道。作为对照,读者也看到了完全不同的新娘们,也就是部落酋长欧拉德·奈伊德的女儿们。一旦订了婚,这些年轻姑娘就外出旅行,靠卖淫赚取自己的嫁妆。她们中有些人受到牧师监督,那是个修士,穿戴着四十呢斗篷。这些,是他从姑娘们那里得到的,必须带着,以示对她们的感激。

不过,在阿尔及尔最强烈的体验,她没告诉《斯德哥尔摩日报》的读者。她其实是遇到了一段浪漫历险。一个叫本·赛义德·哈姆若赫的柏柏尔人无助地爱上了她,求她做自己的妻子。对此,她在一封详细的充满感情的信中向豪赫做了说明,他是唯一一个知道内情的人。

她的日记确认了事情的框架。在这里,她记录了爱的宣告、关心的亲吻和温馨的场景。他希望带她到家乡的村庄,就在卡比利亚,坐火车和骡子,是距阿尔及尔两天的路程。在那里,她会被他父亲的妻子当客人接待。他将带她去狩猎野猪,保护她远离所有的危害,教她阿拉伯语,介绍她伊斯兰习俗和信仰,用一只快速度的骆驼——一只奔跑的骆驼——带她到麦加。

作为一个好奇的作家,她受到了诱惑。多么好的研究这个人群奇怪习俗的机会啊!这样她就真能看到这群人内部的情感世界了。为何不接受他的建议呢?她天真地认为,一年后,自己可以自由地返回欧洲,写自己的生活故事。她也承认被这帅气的男人吸引。但到了真要决定时,她变得冰冷而毫不在意。也许是出于自我保护，和穆斯林爱人的关系意味着很多未知因素。但她已对新的爱情做好准备，她也想要孩子。她描述了自己的心情，这解释了只不过是一周后就发生的事：

　　为何不能有那么一次，试着去找寻幸福和欢欣，像所有人所做的那样，所有时代的所有的人都找寻过。为何不能让自己被爱，并试着去爱！她站在这样一个年龄的边缘，母亲的快乐将被否定——多少年来，她一直期待有一个孩子。为何不抓住这机会？

第十章

Anima dell'anima mia[①] **: 1888—1890 年**

---

① 意大利文，我的灵魂的灵魂。

帕斯夸列·德尔·派左

在暴风中，疲惫不堪的安·夏洛特·莱芙勒和尤斯塔·米塔格-莱芙勒及他的妻子西格奈从突尼斯乘船抵达了西西里西端的马尔萨拉。为安全起见，他们乘火车到巴勒莫，在那里，花了几天时间参观市内风景，看被训练了的狗和猴子的马戏。5月1日晚上，在美丽的天气里乘坐蒸汽船"电"离开。第二天早上六点，他们在闷热的非洲热风中抵达那不勒斯。码头上站着年轻的数学家帕斯夸列·德尔·派左。1888年5月2日，成了女作家生命的一个转折点。

从现在起，是她作为女性终于投入到一个深厚的爱的关系中的时候了。同时，她所有的顽固坚持和爱的信心的源泉将受到考验。带着激进独立和圆润适应的混合，她试图尝试自己一直梦想，也在文学中描述过的，脱离了传统和社会压力的自由。这时，她是当代北欧解放了的女性，乌拉·罗森汉娜的姐妹。

但她和南方的相会比她想象的更暴力和无情。她面对的不仅是更温暖的气候、自然的富饶、既有激情又温柔敏感的爱人。她面对的还有来自保守贵族家庭的严厉抵制，天主教会轻率而可怕的威力装置。

这一点，在那不勒斯的头两周，她并没意识到。那时，帕斯夸列·德尔·派左是她忠实的跟随者。这男人是那不勒斯最古老和最著名的家族的一员。他热衷于向她展示这个城市能提供的一切。他们一起参观博物馆、纪念馆和风景点；他们探究老城；在古怪的饭店进餐；到群众剧场看糟糕的表演。有一天，他们参观了庞贝古城。在那不勒斯又待了几天后，安·夏洛特·莱芙勒和哥哥、嫂子去了卡普里岛。派左的随行让尤斯塔很是奇怪。在参观蓝洞和转而访问提庇留的别墅及巴巴罗萨高地时，安·夏洛特·莱芙勒和她的崇拜者间的接触有了发展。回到那不勒斯后，她拜访了派左。几天后，尤斯塔和太太去维苏威火山。她则留在那不勒斯和派左在一起。日记里，她写得很简短，但还是透露出："DP 和我在一起。出来。吃早饭。然后午睡。下午，在卡伊阿内洛公爵家吃晚饭。"

也就是说，帕斯夸列·德尔·派左在安·夏洛特·莱芙勒那里午睡了。然后他把安·夏洛特和父母汇合在一起。第二天，尤斯塔·米塔格–莱芙勒和妻子去罗马，打算从那里回瑞典。她和派左一起送他们到火车站，这一天余下的时间，她都和他待在自己房间里。她返回卡普里时，派左跟着她。小心起见，他们没乘同一艘船。

　　6月中旬，两人在卡普里一起愉快地逗留了两周之后，她给母亲写信说，她将永远不能再经历如此完美的一切。在给母亲的频繁汇报中，她强调得更多的是自然和天气的重要性，对派左只是小心地提及。不过她说道，他想将她介绍给意大利，他俩已开始一起翻译她的短篇小说。有趣的是，他们开始翻译的是莱芙勒最富情色意味的文字《奥洛尔·邦赫》。他们也一起划船畅游卡普里，探寻所有美妙的洞穴。古斯塔娃怀疑派左大概和女儿一起浏览了女儿描述的所有景观，那些壮美、野性，如诗如画同时又十分平滑、闪亮、柔软且可爱的一切。莱芙勒特别补充说，在卡普里岛，她充分享受了和谐、美好又幸福的生活。

　　气温在 25 度左右，但在阳光下也能高达 40 度。有斯堪的纳维亚的阴雨天体验的她，很喜欢经历一个真正的、不需担心下一滴雨或多云日子的夏天。"在家里，我们其实不知道夏天是什么"，她写道。北欧和南方的对比表现在天气和自然上，但最主要的是在人的性情上——这是她关注最多的。在《女性的气质和性欲的诱发》的第二部，她会发展这方面的内容，使之成为主旋律。

在给亚当·豪赫的信中，她描绘了意大利情人详细的肖像。语气里有天真的真诚，但可感受到一种淡淡的复仇。现在是安·夏洛特占了上风。现在忽然间，只有帕斯夸列·德尔·派左。虽然他属于古老的贵族家庭，但他自己是一位数学家，有现代性和前瞻性。他有强烈的文学兴趣和一般知识。更重要的是，他有激情，十分性感。这封信对豪赫来说一定是个冷水澡。

对哥哥尤斯塔，原本了解派左这个数学界同事的人，她用的是分析语气。她好奇哥哥是否意识到，派左让人想起索菲娅·柯瓦列夫斯卡娅。她认为，他同样智慧，同样多才多艺、活泼机智；他也有同样的观点，认为爱是生命的精华，他梦想和另一个人有完全的共同生活。因此，安·夏洛特·莱芙勒是遇到了她的另一半，就像先前的塞克拉·霍德贝里、索菲娅·柯瓦列夫斯卡娅以及亚当·豪赫。此外，他还比她小十岁，她比他更有经验，可以在他俩的关系中起到一个母亲的作用。派左尚未定型。她认为自己能在他的发展中发挥巨大影响力。她所拥有的所有智力、想象力和原创力，会对他生活的快乐和发展做出贡献！和古斯塔夫·埃德格伦却从来不是如此。在她的论证背后，能感觉到当时的传统观念对妻子作为家庭道德和伦理中心的角色要求。

7月，安·夏洛特·莱芙勒和古斯塔夫·埃德格伦说好，一起到奥地利度假。这个假期过得很糟糕，持续阴冷，还有瓢泼大雨。夫妻间交流很少。7月14日，古斯塔夫回家。这对夫妻从此再没见面。

安·夏洛特·莱芙勒自己回到了意大利和派左身边。他俩度过了一段快乐时光，先在卢加诺附近的一个小旅馆，后在靠近热那亚的一个海滨度假地内维。然而将来会怎样呢？安·夏洛特·莱芙勒越来越确信，她和派左是为彼此而生的。她也意识到时间正从自己身边溜走。她真要为了古斯塔夫和家人而牺牲自己迟来的幸福吗？

不过，派左也有他的家庭要考虑。他告诉父亲自己对瑞典女作家的感情后，父亲苦恼极了。儿子和一个已婚新教教徒的关系完全违背公爵最深的信念。但他为了不和她分开愿意舍弃一切。也许他们应该到另一个大陆订婚。在访问热那亚时，他已准备好登上一条船，和安·夏洛特一起立即离开，切断和祖国及亲戚的所有联系。

经济也是一个巨大障碍。在瑞典，安·夏洛特·莱芙勒能期待作为古斯塔夫·埃德格伦妻子的经济无忧的生活。在意大利会如何呢！假如和那不勒斯大学有松散联系的派左能得到教授的永久职位，他的年薪只有3000法郎，她估计，这笔钱要养一家人比较够呛。此外，在第一年，他还得将三分之一的钱款用于贿赂！至今，他和父母住在家族的官殿里，得到了父母的经济资助。要和他们决裂，违背他们的意愿结婚，他必须经济独立。"最终，这是个钱的问题。"她苦闷地对尤斯塔说。

当然，她完全准备好作为作家养活自己。她可以给报纸写更多的文章，做翻译，教语言课。更主要的，她脑子里全都是新工作。她说，现在，自己充满力量。现在，她希望斯德哥尔摩的皇家剧院能排演她的新喜剧《爱》，这是她突发灵感写下的。也许也可排演卡洛·哥尔多尼的《情人》，她和帕斯夸列一起翻译的剧本。而他俩对《真正的女人》的翻译已为一位卓越的意大利演员接受，并打算在一个巡演里采用。

乌拉·罗森汉娜接下来的命运，被她一时推向一边。取而代之，她开始考虑一个新作，在那里，她想描绘北欧国家和南方气质的不同。这个工作发展成为《女性的气质和性欲的诱发》的第二部，这也是让她停留在意大利的原因。她觉得至少要多住一个冬天才能写完。

那么，此后什么会是她的选择呢？在瑞典，有她经济上的安全及死亡的婚姻，一个热爱但需求过多的家庭，一大帮朋友但没几个真正贴心的友人。她在瑞典文学界的地位不明确。在意大利，帕斯夸列能帮她落地，但她还没什么可建立文学事业的。新婚姻的前景不确定。她真敢抛弃努力至今得到的，让她的生活安全、舒适的一切吗？不能浪费时间的感觉让她做出了决定："现在，就现在，我能快乐地活着。谁知道未来能给我什么！"她在信里对哥哥说。

安·夏洛特·莱芙勒决定向古斯塔夫·埃德格伦要求

离婚，并在那不勒斯定居。在给瑞典报纸的散文中，她分享了那不勒斯的冬天。一个小小的意外降雪引发了她对雪橇、滑冰郊游和在家中壁炉前的舒适夜晚的记忆。那不勒斯喧闹的圣诞节准备，让她可以像个感兴趣的旅游者那样观察。虽然已有街道管制规定，鸡、火鸡、驴、狗、猫，成群的山羊还是充斥着她住的那条街。同样禁止的是每年引起很多事故的圣诞爆竹。在街上，能听见赞波尼亚风笛声，是牧羊人表演的一种圣诞音乐。但最惊人的还是那些生意摊，有各式各样的鱼和蔬菜，供人们准备传统的圣诞夜大餐。

1889 年 1 月 9 日，她给母亲写信确认，她和帕斯夸列基本决定，一旦她离婚，他俩就立刻结婚。但离婚是不为天主教教堂接受的。唯一的可能是教廷证明她的婚姻是无效的，换句话说是未完成的。为此，她必须得到古斯塔夫·埃德格伦的证明。古斯塔夫·埃德格伦同意她的意思，写了个很羞辱自己的证明：在他们之间，因为他的无能，性生活从未发生。他能这么写，是十分宽厚和有勇气的。

1889 年 3 月，离婚最终生效。她和帕斯夸列考虑着多种选择。他们可以想象一个在慕尼黑或哥本哈根的新教婚礼，或是在意大利的市民婚礼。但事情发生了戏剧性转变，因为帕斯夸列的父亲，卡伊阿内洛公爵突发心脏病死去，母亲和亲戚都指责帕斯夸列是罪魁祸首。他被摧毁了。现在他也成了家族的新头领。对家族来说，他若和一个新教教徒结婚，将是一个深重的罪孽。一个天主教教堂婚礼是避免他和家族完全决裂的前提。

他俩于是期待安·夏洛特·莱芙勒能皈依天主教，以便进入新婚姻。她准备好了吗？她从未想到，在意大利，天主教对人的头脑有那么大的威力。直到 5 月底，还是无法决定。当她离开意大利到瑞典度夏时，安·夏洛特估算着，帕斯夸列很快会跟过来。

更自由的地平线

然而，作家的写作项目如何呢？她计划推出新作，并且对她来说，新作只能成功。不过她抱怨，只要自己的命运还不确定，她很难进入虚构人物的内心世界。她也因自己的性别所暗示的艺术残障感到不痛快。她最想写的是一部伟大的小说，讨论公众生活中的冲突。那样的话，她得像左拉一样，带上笔记本，走入社会的方方面面，去真正地了解主题。可她做不到。女性这个性别阻挡着她。所以，很自然的，她写些爱情故事，她跟尤斯塔解释。和她从前的作品不同，这个故事没有任何倾向，取而代之，她想在心理上尽可能挖掘得丰厚、生动。

她相信这和自己的个人经历有关。她走出去，得到了一个环绕自己的更自由的地平线。但她也意识到文学在时下的发展，急于与之连接。在这个发展中，强调对准微妙的心理分析，并有肯定生命的色彩。1889年3月底，她告诉亚当·豪赫，很多夜晚都消磨在继续写《女性的气质和性欲的诱发》上，她对在意大利的阿莉的描写。在这个作品里，她试图描绘自己和帕斯夸列·德尔·派左革命性的相遇。故事比她想象的要长，也没来得及按时完成，在春天出版。

她把手稿寄给维也纳的塞克拉·霍德贝里评论。像以前一样，塞克拉对她的信任十分开心，回了封长长的充满挑剔的信。她认为，这故事距安·夏洛特本人的经历太近。她抱怨有很多心理荒诞以及根本就毫无味道的地方。

安·夏洛特·莱芙勒承认作品仍需修改。不过塞克拉·霍德贝里的批评热情似乎走得太远。在飞回瑞典时，安·夏洛特绕道维也纳，在这过去的五年里，第一次当面反击塞克拉。现在，她俩有机会面对面讨论这个故事。她们之间到底发生了什么不清楚，但这是她俩的最后一次见面。两年后，塞克拉拒绝见她的朋友，虽然那时，两个人碰巧都在柏林。

《女性的气质和性欲的诱发》的第二部拖了很长时间。不仅塞克拉有意见，整个莱芙勒家族都被卷入。为了她的愿景，安·夏洛特·莱芙勒可能要奋斗更长的时间。她将如何同时完成那本无论出于经济还是文学威望的考虑，都迫切需要出版的短篇小说集呢？5月初在卡普里岛的一个星期，她似乎找到了一则短篇，叫《哭泣的维纳斯》。是关于一个斯堪的纳维亚雕塑家，像她的丹麦朋友路易斯·哈瑟瑞斯一样，住在罗马多年。在一次对萨宾山的远足中，爱上了年轻的卡麦拉，在一些戏剧性的纠葛后，和她结婚。和《女性的气质和性欲的诱发》第二部一样，在这个短篇里，莱芙勒也让北欧和南方的气质相遇。《哭泣的维纳斯》成为同年 11 月出版的，她的短篇小说集的基础。

炼狱

在瑞典，古斯塔娃在瑞典南部的一个小城荷尔安顿下来。这是安·夏洛特·莱芙勒度过仲夏节的地方。她和家人在一起，一边等着帕斯夸列。作为作家，她也和当地人相识，为写作积聚素材。艾伦·凯这个激进而忠实的朋友，甚至跑来看望她。她是安·夏洛特·莱芙勒在瑞典，除家人外最向往的一个人。凯对这个越来越处于苦痛中的朋友有安定作用。凯是完全不顾传统之美的观念的女性，在乡下，她穿着蓝白条纹、亚麻布的长及脚踝的衬衣，头戴一顶大草帽。最重要的是，她用轻轻的平和的声音，温柔和善地说话，是个了不起的安慰者。

这是十分需要的，因为 8 月初，安·夏洛特·莱芙勒意识到帕斯夸列失踪了。在绝望和愤怒中，他乘蒸汽船环游西西里，已很久没有音讯。两周后，她形容自己是无家可归的野鸟，没有窝，也没有伴。帕斯夸列肯定是联系过她，但他的家庭那么有敌意，去那不勒斯的旅行取消了。她将去哪里呢？在哥本哈根的旅馆待着是个选择，可那里的气候是不是太潮湿了？她打算去斯德哥尔摩短暂旅行，看看是否有自己的家具，但她不能在那里长待。

这个秋天，她就想推出《女性的气质和性欲的诱发Ⅱ》。她认为那是自己创作的最成熟和深刻的作品——10月初，她写信给豪赫。但眼下，这样的作品推出，会被看作是对自己经历的披露。她得等待，直到个人的情形更明朗。她开始集中精力于短篇小说集。都是些小文。稍长或连在一起的，她办不到。不过，她期望它们在语气上亲切，有些内在的温暖的东西。有几篇是来自幸福日子的灵感。还有些日子，写作是缓慢的。那时，因是被迫，她像个纯粹的工匠在干活。

《来自生活》的新集子在1889年11月底推出。包含两篇她在夏天观察到的故事。《老处女》对比了一个老妇人的简单快乐及贵族家庭的肤浅氛围。《在救济院》轻松描绘了一位新近成为牧师妻子的人的社会抱负，但也强调了贫困状态中存在着的价值。《姨妈马尔维娜》混合了对哥德堡中产阶级的讽刺及对一个老女人入木三分的肖像描画。《哭泣的维纳斯》正如先前提及的，是在意大利环境下的，浪漫却有些忧郁的故事。她还收录了之前发表过的《一条面包》，在那里，她让两个男人申请同一份工作：一位是学校老师及许多孩子的父亲，另一位是订了婚的年轻工程师。不难猜测，背后的原型是亚当·豪赫及她的弟弟阿瑟·莱芙勒。

新集子卖得不错，这正是她所期待的。某些评论者认为，这是艺术上的进步。更多的人认为，这些作品属于她已发表过的所有作品中的上乘之作。但也有些评论者不喜欢好几个故事里机智但悲观的调子。他们相信，作家是过时了。他们中的一个疑惑，莱芙勒女士真是要侍奉绝望的悲观吗？另一个抓住机会说，作家已失去在瑞典文学中的引领地位。当然，这些评论让她十分介意，自己真是个过时了的作家吗？

9月，她留在斯德哥尔摩，在哥哥尤斯塔和西格奈家的后屋里。她不那么强健，可能患有贫血，所以只能躺在沙发上。家人并不需要特别照顾她。她能在森林里短时散步，但避免上斯德哥尔摩的街道。古斯塔夫受不了看见她。没有多少快乐的事，除了和家人及索菲娅、艾伦·凯这样的密友在一起。幸运的是，帕斯夸列给她来了信，信中，他向她发誓对她的爱和忠诚，虽然，他不得不面对周围的压力。而她假如见不着他，就不能恢复健康。她的心像在所有风中颤动的敏感的风弦琴。这真是一个绝望的情形——她跟亚当·豪赫抱怨。

在她书写的关于索菲娅·柯瓦列夫斯卡娅的传记里，安·夏洛特·莱芙勒提及，在1889年阴郁的秋天，她和女友在一起的情形。是分别近两年后两人的重逢，索菲娅的生活也经历了一个危机。她爱上了已故丈夫的亲戚，社会学教授马克西姆·柯瓦列夫斯基。他受劳伦基金邀请在斯德哥尔摩作访问学者。除了索菲娅，大家都发现他是个讨厌的好色的胖子。在一连串的痛心场景和分手之后，如今马克西姆·柯瓦列夫斯基在法国。索菲娅和安·夏洛特一样心碎。

秋天，两个好友恢复了文学合作，打算写一出关于索菲娅已故的姐姐阿纽塔的戏剧。然而，这一次，她俩也没成功。文学艺术圈的朋友觉得，对舞台表演来说，这出戏实在太阴沉了。安·夏洛特朗读了她的短篇小说集，获得好评。索菲娅也读了段自传体小说《来自俄罗斯的生活——拉耶夫斯基姊妹》。像是过去伙伴关系的微弱反射，这两本书几乎同时出版。现在，她俩决定一起到巴黎庆祝圣诞节。两个人都绝望地希望情人能出现。"没人指望这趟旅行能有什么快乐。"莱芙勒在回忆文章中写道。旅行只是作为麻痹神经的吗啡。

巴黎是阴郁的，潮湿、寒冷，许多人都染上了流行感冒，就像在斯德哥尔摩。她们见到了斯堪的纳维亚艺术家、作家，也见到了波兰难民和俄罗斯虚无主义者。可安·夏洛特只向往意大利。

天气很不舒服，房间又冷又透风，燃料糟糕，没太阳，街道肮脏。我但愿是在那不勒斯——她对豪赫抱怨。她戏剧化地将那不勒斯看成是自己面前的天堂，港口有佩带了燃烧着的宝剑的天使守护。每天，她都去查看，是否有来自帕斯夸列的电报。可他没出现，没在圣诞，也没在新年。

圣诞节在索菲娅的姐夫查尔斯·维克多·雅克拉德那里度过，莱芙勒上一次访问巴黎时就已认识雅克拉德。为制造一点小小的圣诞气氛，莱芙勒在大雨中走上街，给索菲娅买了糕点作为礼物。新年前夜，她们和一群斯堪的纳维亚人一起过，那里有茶点、水果和酒。在给母亲的新年信件中，安·夏洛特希望新的一年能更清晰、更平静。

这一年也确实如此。1890 年 1 月 11 日，她乘火车前往罗马。半途，她改了主意。她从摩德纳写信告诉母亲，自己在最后一刻作了个勇敢决定——直接到那不勒斯。她确信帕斯夸列的爱，那么，其他的一切还有什么重要的呢？独自在车厢里，她很高兴重返意大利。似乎她是被流放到了其他地方，而那不勒斯才是她真正的故乡。1 月 13 日，星期一的下午，她到了，立即给帕斯夸列送短笺。一小时后，他就和她在一起了。两星期后，她开始写计划中的小说的第一章，标题是《比绝望更坚强》。

Sposati[①]

帕斯夸列·德尔·派左十分满意于安·夏洛特·莱芙勒到那不勒斯来找自己的勇敢决定。她意识到长期的分离

----

① 意大利文，结婚。

会带来决定性的分手，到了现在，她第一次体会到他感受的压力，部分因为亲戚，部分因为来自瑞典的信件和电报。现在，她把所有的主动权交给他。除了等待，实在没什么好做，她在信中这样告诉母亲。可这于事无补，现在，帕斯夸列就是这么个样子。而她是那么爱他，除了在他的左近，她哪里也不想去。他现在的计划是，等这悲伤的一年流逝，以消除夺去父亲生命的责难。到那时，他才能冒着和家庭决裂的危险要求结婚。目前，得让所有在瑞典的人以为，他俩的关系结束了。

安·夏洛特·莱芙勒在那不勒斯秘密居住了四星期，就像秋天在斯德哥尔摩时一样处于羞辱的状态下。虽然有那么多不确定，她还是很幸福，因为她确信自己是"另一个人的全部生命"。此外，她也很享受温暖的天气。在屋外的小花园里，鸟儿鸣叫，树上结满了橘子。每天，帕斯夸列给她的桌子带来茶花。在她刚经历的半年后能这样幸福，是多好的安宁啊——她在信中告诉母亲。现在只有阳光。

2月中旬，出于谨慎，安·夏洛特·莱芙勒在罗马市中心的一个大公寓里租了个房间，窗户朝南，屋顶很低，很保温。帕斯夸列计划定期来看她。在这期间，她打算勤奋工作！不过，她也和朋友保持着联系。在罗马定居的阿克瑟·蒙特邀请她到家里用早餐。她看得出，他似乎已很成功。她也见其他朋友们，但路易斯·哈瑟瑞斯却躲开了。她希望他不会因为《哭泣的维纳斯》里的描写觉得受到伤害。她找到哈瑟瑞斯，很快就和他一起吃晚饭、参加假面舞会。她注意到，他还是那个样子。她非常喜欢他。意大利朋友们对她也很友善。就像在斯德哥尔摩，大家都有待客日。要是她愿意，她每天都可以出门，在下午或晚上。

在给豪赫及斯德哥尔摩家人的信中，她写道，眼下的这种独立生活对她和帕斯夸列来说，实在是好极了。他们可以在一起，而一旦分开，也可投入即便在一起时也不会消逝的自己的兴趣和工作。其实，她从来就不那么想结婚。

然而，不久，她就告诉亚当·豪赫，她和帕斯夸列去签署了一些文件。能猜到为什么吗？没几天，他们就将是丈夫和妻子了！事实上，同派左家人的和解出现了一个机会。帕斯夸列联系到一位年长的女亲戚斯特龙戈利公主，她乐于帮他。作为皇后的女官，她介绍了皇后的忏悔神父、自由派主教恩兹诺，他肯帮助这对受折磨的情侣。

斯特龙戈利公主的建议是，帕斯夸列尽可能频繁地拜访完全保守的母亲，假如公爵夫人还是反对，那么在世人眼里她就是那个该承担决裂责任的人。然后，他们须在教堂，且是天主教堂结婚。公主认为，瑞典作家必须皈依天主教。假如能和家族和解，可以这么办——安·夏洛特·莱芙勒在犹豫了很久后，做好了皈依天主教的准备。这些和莱芙勒先前的婚姻无效的官方证明一起，是教廷要求的发放教堂婚礼许可书的条件。恩兹诺主教保证去说服帕斯夸列的母亲。假如她同意教堂婚礼，恩兹诺乐意为他们证婚。

1890 年 4 月 16 日，帕斯夸列·德尔·派左从那不勒斯来了，两人和斯堪的纳维亚领事一起，提出了结婚申请书。安·夏洛特·莱芙勒穿了绿色英国绸裙。晚上，两人在家品尝了从饭店订来的晚餐。

接下来的一星期全都是宗教准备。她学习天主教教义，和恩兹诺主教长时间谈话。4 月 23 日，安·夏洛特·莱芙勒在天主教堂。仪式在女王的私人礼拜堂举行，包括忏悔、圣餐和《信念声明》签署仪式，两个代理牧师、主教恩兹诺、帕斯夸列·德尔·派左、斯特龙戈利公主和一个皇家男仆在场。这一次，安·夏洛特·莱芙勒穿着黑色艾德莱斯绸裙，头戴蕾丝面纱。这个瑞典作家阅读了法文文件，宣布放弃新教；在这份文件上签名后，她成了一名天主教徒。

不过帕斯夸列变得越来越不耐烦。教廷会把批文拖延多久呢？那里每天都有那么多新花头。不顾斯特龙戈利公主和恩兹诺主教劝说，他不想等教廷的事完备，他受不了了。1890 年 5 月 7 日上午十点，安·夏洛特·莱芙勒和帕斯夸列·德尔·派左在罗马举行了市民婚礼。新娘穿了一身蓝绿色的绸裙子。证人是瑞典领事、阿克瑟·蒙特和两名意大利教授。路易斯·哈瑟瑞斯作为作家的友人也在场，另外还有翻译海伦娜·雅各布松以及领事夫人。四十五分钟后，一份电报发给了在斯德哥尔摩的尤斯塔·米塔格-莱芙勒：结婚了。安-帕斯夸列。然后，大家一起在多奈特饭店吃早饭，那是罗马最雅致的饭店。晚上，帕斯夸列原计划要返回那不勒斯，因为要回大学讲课。但计划改变了。日记的简单记录透露了新婚夫妇的快乐：

> 帕没法上路，留下了，打算明天中午一点离开。结果我们又忘了时间。他就留到了晚上。

不过，现在是教堂婚礼了。支持这对情侣，嘲笑教廷形式的恩兹诺主教认为，最明智的做法还是顺应教廷的要求。埃德格伦夫妇的婚姻首先得由官方宣布无效，因为天主教教堂不接受离婚。这个基础是古斯塔夫·埃德格伦写好的自己无能的证明。阿克瑟·蒙特，虽说从没检查过莱芙勒，也写了份证明，新娘是个处女。

但这些对于教廷的那些多疑的代表们来说还是不够。最终，安·夏洛特·莱芙勒被梵蒂冈宗教法庭叫去，在圣彼得大教堂后的梵蒂冈最高法庭讯问有关她婚姻的细节。和恩兹诺主教及帕斯夸列一起，她走上了伽利略和数不清的异端人物被审判和判处火刑的地方。她被独自留下，面对大主教和一个陪审员。他们审问了她和古斯塔夫性生活中的细节。他们对她的性生活的兴趣让人咂舌，一直持续到终于提及蒙特的证明书。主教说，这个证明不合法，因为，并非提前由教堂出示。她是否准备好由教堂选择的医生和助产士检查她，以证明她是处女？当她反对后，大主教突然显得很严厉，质问她还是不是天主教徒，怎可面对教堂有自己的主张？最终，她签订了协议表明愿意被检查。但恩兹诺主教保证，她将免于被查。此外，他还对她不得不说的谎言加以赦免。她感觉到天主教的双重标准。

五天后，也就是1890年5月21日，安·夏洛特·莱芙勒和帕斯夸列·德尔·派左在教堂结婚，但婚礼是秘密进行的。所有文件还未齐备，不过主教将为此承担责任。新娘穿了件几乎是白色的广东双绉裙。

新郎为不能给新娘任何家传的珠宝而惆怅，因为新郎的母亲不肯。不过，一周后，安·夏洛特告诉古斯塔娃，帕斯夸列从母亲那里弄来一万里拉。并且，"天知道是花了多少"来宠爱他的新公爵夫人：

> 好多灿烂的珠宝，钻石、蓝宝石、珍珠，以及其他非常贵重和漂亮的礼物，一个旅行箱里满是银的和象牙的盥洗用品，上边全打着姓名的头字母的公爵家徽。

女性的气质和性欲的诱发

帕斯夸列还从家里得到一笔可观的结婚资金。安·夏洛特·莱芙勒没什么资产。她有的是文学的才华。她的复原力让人吃惊。2月，她甩开了所有对自己最新小说集的消极批评，那只是她文学生涯中的一个短暂片段。她同意，那些故事是悲观了些；她写这些故事时，确实不开心，她在一封信里对亚当·豪赫坦陈。她更向母亲保证，她会对人们展示，自己不是被困在死胡同里，也不像年轻批评者们认为的那样，已过时地被置于博物馆的陈列室。她还有新牌可以打！

　　1890年春天给尤斯塔的信，穿插着艺术、技术和经济的讨论。她充满工作激情但完全公开地表示，写作的内在动力是挣钱。她明白自己能写出抓住观众的东西，但完全走这条常规的宽阔文学路也会是致命的。她的策略是，偶尔写这种迎合大众的玩意，同时写发自内心的：纯粹、非常规、勇敢、心理研究的东西，给有更高品味的人。她即将交给出版社的《女性的气质和性欲的诱发 Ⅱ》就是这样的作品。

　　但这一作品成了这个春天，她和莱芙勒一家之间的严肃问题。看她如何在艺术眼光及对自己关爱的人的顾虑间饱受折磨，真是让人心碎。先前，她有义务考虑古斯塔夫及自己周围的小世界。现在，她本可以那么舒畅地自由。她离得那么远，远在任何连接之外。可现在，哥哥和母亲要捆绑她——比以前还要变本加厉。

　　家庭审议认为《女性的气质和性欲的诱发 Ⅱ》距安·夏洛特的个人经历实在太近，这将破坏她的声誉。因此，他们要求她延迟出版，拖得尽可能长久。除了其他意见，尤斯塔提到四年前斯特林堡自传体小说《女仆的儿子》遭到的批评。对此，安·夏洛特·莱芙勒认为，这种比较是荒谬的。斯特林堡写的是自传，而她完全对事实做了改写，主角连一个动作都没从她自己那里借用！完全是修正过的真实。

她提出的另一个理由是，假如不能出版这本书，她很难做别的事。她需要收入，尤斯塔必须理解不出版对她造成的经济损失！带着对社会心理游戏了不起的洞察，她声辩，如今，1890 年的春天，正是出版这本书的最好时机。她开始被淡忘，她自嘲说，没人会以任何方式裁判她，因为他们都相信，她和帕斯夸列·德尔·派左的关系早就完了。假如她以卡伊阿内洛公爵夫人的名义出版这本书，那肯定会引起每个人的嫉妒，大家因而会诋毁她。帕斯夸列支持她的想法。

尤斯塔明明很清楚，自从最不成熟的青年时期，她作为作家是如何奋斗的，她在给他的信中说：扩大心理观察的范围，不计后果地说出别人一般不敢说的，摆出真正的真理。文学中的顾虑和有礼节的道路，对她而言是同样的摧毁之路——她强调。借助她对真正的爱的关系的体验，她相信，自己能说服那些批评者，那些认为她的里拉琴上缺少重要琴弦的人——生活中所有的情色的一面，那自然是所有国家、所有时代文学中最美好的内容。在《女性的气质和性欲的诱发》的续篇中，她试图尽可能开放和诚实地分析两个角色和一段爱的关系。她提供不加雕饰的真实，相信这篇意大利小说在心理描写方面是一种先锋性的贡献。她一定会表现出自己宝刀未老！

更主要的，如今文学是那么迅速，没法把一份书稿雪藏几年。她完全意识到对光线、色泽、热度以及描写中的诗意的要求，她希望自己是这个发展中的一部分。

为符合家人的审查，她还是花了好几个星期高强度地工作，清理手稿。她去掉了所有会让读者觉得是在写她自己和帕斯夸列的细节。她认为，现在，冲突完全是在这对情侣的内在故事中。写完最后一个场景，她欣喜若狂。

3 月 5 日，她把完成稿交给自己的瑞典出版人。两周后，拿到第一份校样。在安·夏洛特·莱芙勒成为卡伊阿内洛公爵夫人不久，书出版了《女性的气质和性欲的诱发》第二部的内容比第一部更符合这个具有挑战意味的标题。对阿莉和一名意大利侯爵安德烈·塞拉的恋爱故事的描绘，十分大胆又充满能量。基于她自己对自由幸福的爱的关系有勇气的奋斗，这个小说让作者在北欧关于性道德和女性政治的辩论中处于独特和独立的位置。

虽说作家已按家人的指示对故事做了审查，但对那些知道她情况的人来说，还是相当明显，她的小说从自身经历中截取了很多特征。一名年轻的、有自由思想的瑞典女子和来自意大利最保守的天主教家庭之一的侯爵间的遭遇实在无法伪装。安德烈·塞拉教阿莉游泳的阳光灿烂的描述，取材于她自己在卡普里岛的经历。从她的信件和文章中，我们能认出阿莉的体验，关于那令人陶醉的意大利的自然，那里有浓郁的花香和丰富的水果，这和家乡的冬季形成强烈对比。她还让阿莉替她表达了自己的梦想：向安德烈展示自己的祖国，她成长的环境，她始终带着非同寻常的柔情热爱着的祖国。莱芙勒自己的声音也清晰地借助阿莉表达出来，当阿莉被安德烈的胳膊环抱时，她诉说了对意大利这个新祖国的感情：

> 在这里，阿莉又找到了她热爱的意大利。就像一个人更爱那给予你幸福的，而不是给你生命的；就像一个人更爱伴侣而不是母亲，于是意大利对她来说比之瑞典在更深的意义上成了她的祖国。她找到了生活的内容。

甚至在阿莉和安德烈的情感博弈中也可看到，阿莉的很多反应是作者自己的。这是微妙的力量游戏。一个在独立和服从，在几个层次中的平衡。然而，很难说这是安·夏洛特·莱芙勒和帕斯夸列恋爱关系的直接投影。虽然作家愿意慷慨地分享个人体验，她也希望呈现一些在阐述北欧和南国的气质差异上具有普遍重要性的东西。她像许多其他作家一样工作，基于来自各方的动力塑造人物。

就像在《一个夏天的童话》中，安·夏洛特·莱芙勒探索了既现代也平衡的爱的关系的可能性。她知道几个具有独立思想的女友形成了她们爱的关系。在伦敦，她遇到了艾琳娜·马克思和爱德华·阿夫林，更不用说安妮·贝桑特和她的伴侣查尔斯·布拉德洛。她近距离研究过朱丽亚和乔治·冯·渥尔玛，以及卡尔·斯诺伊尔斯基和他第二任妻子之间爱的关系。通过书信和对维也纳的访问，她也能对塞克拉·霍德贝里全身心照顾阮格尔伯爵形成自己的看法。另一个灵感来源很可能是索菲娅·柯瓦列夫斯卡娅，她经历了和马克西姆·柯瓦列夫斯基充满激情又痛苦难忍的爱的关系。

故事的内在戏剧是关于阿莉和安德烈如何排除万难，在他们的关系中抵达和谐。阿莉要求双方的、真实和完全的奉献。对她来说，他们的爱是神圣的一切中最神圣的，在世间的一切裁决之上。安德烈·塞拉也处在深深的爱恋中，他甚至被允许使用帕斯夸列特别的情话：我的灵魂的灵魂。尽管如此，他的浮躁和短视困扰着阿莉。

情色是贯穿整个故事的暗流。安·夏洛特·莱芙勒决心描绘这个她终于成为其中一分子的生活。这符合她对真实的要求，也是因为当时更大胆、更性感的文学潮流。在《女性的气质和性欲的诱发Ⅱ》中，女主角阿莉肯定性欲中潜在的所有幸福、快乐和危险。

最后一个场景最有能量。耸人听闻，不完全那么可读。

面对阿莉要离开自己的威胁，安德烈简直快疯了，悲伤之余他要掐死她。阿莉喊道："对，对！杀了我！下手吧！我要求你——杀了我！"她的屈服击败了他。她全部的奉献让她终于战胜了使得他却步的怀疑。她的弱点转化成了能传达给他的力量。现在，他们可以不顾一切地结婚了。她给予他所缺少的力量。现在我能战斗了，现在我能为你工作了——塞拉宣称。阿莉带着幸福又惶恐的心情向往着作为塞拉妻子的生活。"她知道完美的幸福只存在于一瞬，并且总是代价巨大。"

第十一章

Duchessa di Cajanello[①] : 1890—1892 年

---

① 意大利文，卡伊阿内洛公爵夫人。

回到瑞典的家

阿莉在《女性的气质和性欲的诱发 II》最后所说的话可能表达了安·夏洛特和帕斯夸列·德尔·派左结婚前的疑虑。疑虑的乌云既在于他的家庭的严厉反对，也在于他事实上比她小了那么多。不过，她的幸福会比一瞬要长，虽然比她期望的要短太多。在她两年多一点的婚姻生活中，她体验了她所梦想的，爱的丰富和多样。我们知道，她的日子是在一个悲剧空间上溢出的，生的快乐和对未来的渴望。

然而，对这些，这对伴侣在 1890 年 5 月 22 日还一无所知。在他俩第二次的婚礼——也就是秘密教堂婚礼——

的第二天，他们开始了为期半年的蜜月旅行。现在，瑞典作家要实现她的梦想——让帕斯夸列熟悉她先前的生活。而他愿意体验她的最亲爱的环境，见那些对她来说最重要的人们，他应该是莱芙勒家族的一员。他们的旅行也将是穿越欧洲的混杂了胜利和游历的旅程。

经过博洛尼亚、因斯布鲁克和慕尼黑，他们来到巴伐利亚的一个矿业小镇彭茨贝格，在一家简单的客栈住了一夜。第二天，他们继续乘马车和步行，来到了朱丽亚和乔治·冯·渥尔玛的乡间住所索伊恩萨斯。安·夏洛特写信给她的母亲：在这里，我们很愉快。渥尔玛很有风度，帕斯夸列和他们在一起特别自在。不过天气很冷、很糟。

从索伊恩萨斯，这对新婚夫妇继续勇敢向前，乘马车、火车和船，到了自然优美的埃格尔恩，在乡村饭店"跨河"住了一周。他们在自然中长途跋涉，还乘船到了特格尔恩塞。在那里，帕斯夸列也是天天游泳，虽说很冷——安·夏洛特骄傲地告诉母亲。她很享受地看他在各方面是多么自然。在这方面，他和古斯塔夫·埃德格伦截然相反。她不得不承认，古斯塔夫是完全人工的，他总是在这种简单和自然的旅行中，寻求她所讨厌的一切，比如水上乐园、咖啡馆音乐、大城市。她总是十分厌倦于古斯塔夫的陪伴。而今，她享受和新丈夫在趣味和生活中的完全一体。她写这些的时候，帕斯夸列正站在她身边，亲吻她的脖子。

他们的旅程继续经过慕尼黑、纽伦堡直到德累斯顿，在那里，他们待了一天，和卡尔·斯诺伊尔斯基夫妇共进晚餐。在柏林，他们和索菲娅·柯瓦列夫斯卡娅相处了四天。索菲娅出奇地兴奋，莱芙勒怀疑，她在外表下十分不平和。索菲娅和马克西姆的关系紧张。她也在继续数学事业和投身于文学创作之间犹豫不决。

在哥本哈根，他们和安·夏洛特·莱芙勒的翻译和朋友，作家奥托·波施塞钮斯见面。和豪赫一家一起度过了两个晚上。帕斯夸列·德尔·派左想必是觉得见面很疲惫，不然他这样一个对和妻子相关的每件事都十分积极的人，不会表示丹麦给他的印象是：很小、很平凡。

这对夫妇乘火车继续前往哥德堡，在那里，他们和小弟阿瑟及弟媳爱玛共度一天。派左和小舅子相处愉快，认为爱玛非常漂亮。此后，他们在哥德堡北部的滨海地区马斯特兰德停留了几天。莱芙勒的母亲得知，他俩喜欢那里的空气、攀岩、海水浴和帆船。对安·夏洛特来说，这意味着重温青年时期的记忆，她很高兴帕斯夸列能喜欢这些对他来说很陌生的自然。她从未梦想过能有她正在体验的幸福。

旅途中，他们试图保持低调。护照上写的是德尔·派左教授和夫人。另一方面，帕斯夸列装备的行李上有公爵家徽，宾馆职员马上就明白了，接待的是什么人。在马斯特兰德，夫妇俩被对待得跟皇族似的。这让安·夏洛特很不舒服，虽然在意大利时，她曾开玩笑说，有了新衣服，她得以与自己新的贵族身份相符。

在马斯特兰德时，白天已可恶地变得一天比一天短。仲夏节刚过，现在有风有雨，还很冷。他俩乘运河船到斯德哥尔摩——这也是安·夏洛特想让丈夫体验的。从斯德哥尔摩，他俩和尤斯塔及西格奈一起到位于贝里斯拉根的小城恩格贝里。帕斯夸列很认真地和莱芙勒一家合作。他将在这里感受北欧民族的灵魂。他们待了两个月。虽然天还是阴冷而多雨。

有人在恩格贝里的客栈外拍了张莱芙勒全家福。绅士们身着西装，脚登散步鞋。安·夏洛特、西格奈和爱玛都穿着民族服装——那是改良服的替代品。当中坐着的是古斯塔娃。他们看起来神情沮丧。不过，这并不是安·夏洛特给豪赫描绘的图景：大家都开心地围绕着我们。她补充道：三对夫妇互相感染着彼此的幸福，一起相处得很愉快。孩子们很健康、快乐。而古斯塔娃喜欢有一大家子在她左右。对安·夏洛特·莱芙勒来说，这和上一个夏天与家人的悲惨相聚相比，有一个巨大的反差。那时，她到底还是得到了小说的灵感。现在，她是那么舒畅，可想象力静止了，她也根本不阅读什么。9月，大家回到了斯德哥尔摩。尤斯塔刚在由斯霍姆造了个大房子，就在城外。他和西格奈搬进了新居。安·夏洛特和丈夫很快也会去那里住一个秋天。尤斯塔给妹夫安排了在斯德哥尔摩大学教课的位置。圣诞假期结束后，安·夏洛特和丈夫才会启程返回那不勒斯。

　　然而，作家在经历了分居、离婚等诸多试炼，带着重新找到的幸福返回后，她在瑞典接受到了什么呢？评论界对《女性的气质和性欲的诱发Ⅱ》是如何评价的呢？春天时，为了在新的婚姻暴露前出版这本书，她可是奋战了的。她很担心望文生义的阅读，也怕瑞典式嫉妒。这本书在1890年6月出版时，作者的名字是，A.CH.莱芙勒-卡伊阿内洛公爵夫人——正和她担心的一样。

　　不过，她亲近的友人艾伦·凯温暖地支持了她。6月初，凯自发地表达了赞赏。现在，这本书有彻底的生命、发光的色彩和魅人的趣味，凯写道。她相信，保守派会觉得是丑闻，但对于年轻的作家和批评者来说，会是一个巨大成功。

　　艾伦·凯估计错了。安·夏洛特·莱芙勒最坏的预感成了真。除了少数例外，对《女性的气质和性欲的诱发Ⅱ》的评论充满恶毒的偏见。读这些，对她来说一定既苦涩又羞辱。几乎所有的评论都认为她的描写实在是太冷、太干、太没有色彩而且相当空洞，很难打动读者。

　　给莱芙勒最大震动的批评来自从前的盟友海伦·林德格伦在一家顶尖妇女组织刊物《达格奈》上的文章。作家被描绘为是她想与之发生关联的，主观和感性移情这一新文学方向中的新手。她以前写的是约束的批评性文字，现在，当她要写得具有激情时，她显得十分滑稽，在情绪中也没有任何贵族气。主角的爱情故事轻率而粗糙，没错，实在是令人厌恶的。这个先前的自由派批评者无视莱芙勒的坦率，而召唤道德的倾向性！

我们只能想象，在她投入了那么多心血的这部作品得到这样无情的对待后，会是什么心情。她给丹麦的编辑写了篇后记，为自己辩护。这篇文章有清晰的分析，也自由于带刺的流血，让人印象深刻。她经常骑出逆境，把注意力引向新的成就的方向。这是心理研究，她宣称，也是要树立一个客观图像。那些认为故事很有进攻性的人只是太过保守。她完全可以背叛自己女权主义者的任务，而只提供一些废话。关于性欲，她不能找到哪怕一个当代的文学作品是被处理得没有倾向性的。情欲到处都引向一个悲剧的结果，而读者的道德感得到了满足。她试图写出完全不同的。她打算继续探求人的生活，照亮它并加以说明。她认为其他探求者会跟随她的足迹，这样，人们逐步可以了解生活于其中的全部景观。假如人们了解了自己的周围，也许可以更幸福，更平衡。

这个关于容忍与和谐的梦，是安·夏洛特·莱芙勒与丈夫在斯德哥尔摩遭到冷遇的背景下形成的。她多数的朋友都不友好，也都怀疑和嫉妒。不过，11月对哥德堡一周的访问给了她所需要的一定的承认。为了他们夫妻，人们准备了好几个奢华的宴会。不过她注意到，人人都避免谈论《女性的气质和性欲的诱发 II》，而是很喜欢谈及她最新的短篇小说集。

访问哥德堡是为了计划中的，她的喜剧《爱》的新公演。这是易卜生的狂热崇拜者奥古斯特·林德贝里主动进行的，由林德贝里导演，在秋天演出。《爱》是两年前，莱芙勒在和派左的幸福日子里突然得到灵感写下的。她写信给豪赫说，这孩子属于一生下来就自己会走。她认为，这出戏不是什么重要作品，但新鲜、真实、充满幽默。基于新的体验，她不得不推动这个在她看来，因为对爱、道德和婚姻的严厉处方变得喜剧化的妇女运动。艾伦·凯后来强调，安·夏洛特·莱芙勒依然是妇女解放运动的坚实同盟，她反对的是过度夸张。

《爱》的情节比较脆弱，充满喜剧效果和色情基调。能感觉到作家在创作《爱》这个剧本时，受到她同期翻译的哥尔多尼剧作《恋人们》的影响。但看到林德贝里对剧本的完整排演后，她要求有根本性的改变。她觉得，他把这出戏弄得太粗糙。林德贝里于是投降，将全部责任交给她。在丈夫的协助下，她参与了一次次的排演、个人朗读、场景变化、新服装的安排，达成了完全不同的表演。这是第一次也是唯一的一次，她参与制作自己戏剧的公演。她将一出滑稽简单的表演，改变为美好、逼真，但也适合舞台演出的真实图景——她在给母亲的信中写道。

随后，他们在哥本哈根停留了十天。和以前一样，她被热情招待，参加了好多晚宴。和豪赫夫妇一起，莱芙勒和丈夫又看了一场在座无虚席的达格玛剧院演出的《爱》。重返由斯霍姆，气温已是零下二十度，一切都成了冰。一周后，帕斯夸列平生第一次溜冰。和安·夏洛特一样，他被施了魔法的风景迷住了。她自己十分满意于可将这份美的印象带回意大利。

1890 年 12 月 26 日，安·夏洛特和丈夫离开瑞典。现在，他们要回到那不勒斯，回到卡伊阿内洛公爵和公爵夫人的生活里。莱芙勒一家都到火车站送别。索菲娅和马克西姆·柯瓦列夫斯基在法国的里维耶拉。在旅程中给母亲的第一封信里，安·夏洛特感谢了全家人为她和帕斯夸列在瑞典的愉快停留所做的一切。对于他们夫妇来说，这是特别美好的时光。尤斯塔在由斯霍姆的房子在她的感觉中就是自己的第二个家，会一直对她敞开大门。

不过，她其实刚在家人的围绕中写了出新喜剧《家庭的幸福》，关注的是作为幸福基础的传统原生家庭的神话。和莱芙勒家庭的密切接触让她思考，父母和孩子之间缺少理解。没有屠格涅夫《父与子》的那种尖锐不合，只是年龄差和父母与子女对其生活的期望的差别；子女自然很自私地要走自己的路。

此外，她也提出了别的，也就是说：传统道德观有关一个父亲对婚外子女责任的认识。这是她在《如何行善》中更新过的。她承认，这是相当严肃的主题。放在几年前，她可能会咬上一口，会有尖锐的讽刺，现在她很平和，一切变得轻松、随意。

她在一周内写出了这个三幕喜剧。她对豪赫说，这实在惊人，它是自己形成了自己。她在家人圈子的一致叫好中朗读了这个剧本。后来显示，古斯塔娃很反对，作家解释说，自己脑子里想的根本不是自己的母亲。

《家庭的幸福》是个轻松、欢闹的故事，能感到这也是在一种让人想起哥尔多尼的动力下写成。对自己角色有着传统理解的家中的父亲、隐忍的母亲和被忽视的外婆代表了老一代。四个摩登、有主动性和社会意识的孩子是年轻一代。一连串的半真半假的借口引出喜剧的误解和充满情感的披露。剧本最后提示了家庭成员间存在的对深度理解的希望。

《家庭的幸福》在皇家剧院上演后毁誉参半。一个评论者说，剧本是一种私人报复。另一个评论者因作者对一个神圣机构的攻击感到沮丧。安·夏洛特跟母亲诉苦，为何评论者们总喜欢概括？她描绘了一个家庭的缺陷，那她就是袭击了家庭幸福的理念；她描绘了一个不幸的婚姻，那她就是袭击了婚姻；而对一个坏男人的描写就是袭击了所有的男人们！

另一方面，她也称赞了一些负责任的分析。有一个谈到她快乐的幽默。另一个写到这一剧本是女作家优秀作品中的一个。艾伦·凯在给莱芙勒的信中，说自己去看了首场演出：

按我和其他人的口味看，它是最好的，是你写给舞台的，最真、最自然的一部。没一点人工的痕迹和假造的场景，一切都是简单的、不刻意的、真实的，就像生活本身——正因如此，观众能被打动。

前往那不勒斯

穿越欧洲的旅行变得噩梦一般。在汉堡，这对夫妇遇到了冰冷的风，零下十度，旅馆的壁炉不起作用。安·夏洛特·莱芙勒穿上三件毛皮衣服试图保暖，可还是感冒了，失了声。火车上也是冷冰冰的，而意大利北部覆盖着雪。新年前夜她在都灵一家旅馆的床上度过——"一半是休息，一半是因为我实在太冷了。"她写信告诉母亲。

事实上，他们原本要在热那亚与索菲娅以及她的马克西姆会面。但一连串走错的电报让会面泡了汤。安·夏洛特很不开心，她不知道索菲娅到底怎么样了。派左夫妇几天后还是去了热那亚，但索菲娅已跟着马克西姆去了波琉索梅尔。索菲娅·柯瓦列夫斯卡娅和安·夏洛特·莱芙勒将永不再见。

回那不勒斯后，夫妇俩在安·夏洛特原本住着的地方租了个带阳台的大房间。起先，她以为可以就那么长久地住下去。可如今，她向往自己的家。这里，比方说，他们没法待客。在密集和详细的信件里，她告诉母亲有关找寻住处、买家具、请佣人的事。安·夏洛特·莱芙勒的组织能力惊人，她的热切至少和很久以前，她刚成为埃德格伦夫人，装点他们第一个家时一样。

2月初，他俩暂时搬到一套有四个房间的公寓，位于塔索街的费尔多广场。比较拥挤。但5月份就可搬入同一建筑内一套更大的公寓。房子不在市中心，不过也因此能省下点房租费。十分钟的路，就可走到科森。从那里，乘路面蒸汽车可抵达市中心。这里最大的优点是环境开阔而有乡村气息，安静又平和。周围是盛开着鲜花的果园，无遮拦的海景，而远处就对着卡普里。

在购置家具方面，派左得到一位家族老友的帮助。春天里，找到了价格合适的贵族或皇家遗物。慢慢地，公爵夫人相信，内部装置既美观又符合身份。她开心地给母亲描述自家沙龙里的细节，从她的信中能领略室内的风格。两个长沙发，五个扶手椅套着花卉图案的丝绒，边缘是红色丝毛绒和丰富的装饰。此外，还有图案充满想象力的枕头、豪华的窗帘、有装饰的窗户和门，门楣木材是黑色和金色的。

她雇用了个西西里女佣，青春、活力也开朗。但愿这个吉奥瓦娜能做好家务，虽然这意味着她要上上下下，爬很长的楼梯。可能还得雇个厨师负责买菜。吉奥瓦娜十多岁的女儿卡特琳娜兴许能培养成卧室女仆。所有这些都费钱。女作家很担心，打算为瑞典媒体报道今日意大利，以便得到些收入。不过这类报道没有实现。

帕斯夸列开始在大学教课，但他继承的一切有些麻烦。卡伊阿内洛的情况不妙。利润少，税收高，租户自我放任。外加，他的母亲很麻烦。他刚回那不勒斯时去看母亲，老公爵夫人没和儿子说一句话。因此更无法想象，她会愿意见见儿媳了。安·夏洛特觉得一个母亲在没见到儿子八个月后有这样抵触的举止，实在难以置信。她对母亲说，最好是丈夫和婆婆完全平静地各走各的路，免去和那边亲戚联系倒也爽气。假如帕斯夸列觉得受伤，只要他这种负面影响没带入婚姻就随它去。他是那么愉快，心中充满了爱，觉得幸福。他对妻子的一切都感兴趣，也计划和妻兄尤斯塔在工作上合作。

不过很快，乌云遮盖了阳光。2月15日，安·夏洛特·莱芙勒在怀孕三个月时流产了。在她这年纪，很不容易怀上，流产几乎就是失去一个孩子，她写信对艾伦·凯说。不过，她还是觉得高兴，因为自己并不是不能怀孕。正当她经历这个不幸时，她收到电报，索菲娅在斯德哥尔摩去世；从法国蔚蓝海岸返回瑞典的火车旅行中，索菲娅感冒了，很快发展为胸膜炎，未能救治。

安·夏洛特·莱芙勒一得到这个噩耗，就明白自己必须做什么。她告诉豪赫，索菲娅给她留下过愿望："假如我没时间写自己的一生，你得去做。"如今，这看来是她最珍贵的义务。3月，她把写好的第一章寄给尤斯塔，同时披露了自己的工作方法。她承认这个人物很难写，但她是个有创造力的作家，保留艺术性创作的权利。她绝对是带着一种独特的，有心理和美学兴趣的眼睛，她的野心是同情和理解。这意味着她将做对虚构人物一直所做的一切。她会突出所有情有可原的境况，穷尽所有能解释行为的动机，这样就可知道索菲娅希望自己如何被理解和描绘。她对材料很小心，同意为索菲娅女儿考虑而隐去一些事。

题材显得很敏感。特别是尤斯塔·米塔格-莱芙勒和艾伦·凯都是索菲娅亲近的朋友，他们提出了反对，认为传记须用事实说话，得客观。她吃惊地看到尤斯塔希望索菲娅的历史被叙述得公正。然而，她的描述的真正价值在于揭示历史内在的真实！让我按我愿意的来写——她请求道。冲突使得这部传记的写作一拖再拖。夏天，她和易卜生碰面时，提出这个问题，得到她仰慕的作家的支持。在完成的传记里，她在前言中引用了和易卜生的对话：

> 你写的是严格意义上的传记吗？或者不如说是关于她的文学？没错，我回答，这是通过我的眼睛看到的，她自己关于她的文学。太对了，他说，作为作家，你应该写。

这本 1892 年 5 月初写成的索菲娅·柯瓦列夫斯卡娅的传记，既是对一个亲近朋友的生动描绘，在某种意义上，也是一种双重的肖像。写作过程中，莱芙勒回顾了在过去的岁月里，她体会到的两个人的那份共生的亲近和相互作用。作家本人的叙述嗓音完全在场，混合了概观、信件引用和特写的呈现，特别逼真。

　　虽说有周围人的审查，莱芙勒在反映索菲娅性格的阴暗面上没有退缩。描画强调出一个极其有天赋但也特别自我中心和独断的人。同时，莱芙勒真挚地承认，女友对她写作上的影响部分也是因为自己容易接受的天性。当她谈到索菲娅日益增长的不安情绪和各种消耗时，莱芙勒将她的分析建筑在了自身体会上。一个有才华的、想在个人生活中有建树的女人会遭到嫉妒，并让自己在男人眼中失去魅力。这样一个女人很难让男人有非非之想，她的艺术活动可在沙龙里得到赏识，但没有什么独立创新的女人能逃脱那个爱的力量断言的永远的二元论。

　　莱芙勒在索菲娅·柯瓦列夫斯卡娅传记中指责的永远的二元论，折磨了莱芙勒一辈子。这不仅仅是古斯塔夫·埃德格伦对她的写作的焦虑。整个社会对妇女的性别特征和对女性温和与善解人意的一厢情愿，是她逐渐带着强大的痛苦想要冲破的束缚之茧。体现了这样一种压迫的人是她母亲，古斯塔娃·莱芙勒。通过其智慧、强烈个性和对母爱的古怪分配，她把孩子们紧紧拉在身边。那些潮水般的，安·夏洛特在 40 岁时写给母亲的详细信件表明，她和母亲依然紧紧相连，就好像她只有十来岁。她还是喜欢在不同语境下给母亲深度通报自己的健康情况，还有详细的家务、饮食、家具陈设和日常生活情况，显示出，她缺少在瑞典时习惯了的紧密家庭联系。她梦寐以求家人的来访——最好同时一起来。母亲也许可以和她待上半年？有阳光的客房会始终准备着。她太有教养，所以没表示对母亲根本未照面的失望——我们只能猜出这一点。

尤斯塔·米塔格–莱芙勒也证明，在安·夏洛特离开瑞典后，他们兄妹间如何紧密联系。她写信对他说，他同时是她的哥哥、父亲和朋友。他对她写作的强烈兴趣，他的无私和关切是她重要的财富。在对未来的信念上，他是她的导师和盟友，在对科学和知识的可能性上，他和她分享同代人的见解。在对索菲娅·柯瓦列夫斯卡娅的支持上，他积极行动，证明他支持时代的进步妇女观；同时，他又天真地充当着安·夏洛特与之对抗的性权力秩序的代表。就像我们看到的，他从不犹豫于给妹妹的写作施以影响，或为了家族的缘故，拖延她的书籍的出版。现在，他因为优先选择的次序伤害了她，虽然他在南欧旅行多次，但没时间去看妹妹。这挺不好受，她承认。

不难理解，安·夏洛特·莱芙勒向往瑞典的家人以及亲近的群体。然而，意大利和瑞典间的距离同时也给她一个机会，逐步建立自己和专制原生家庭间的距离。当她也和丈夫家避免接触时，她更有了发展自己独立个性的可能。作为助力，她有那么年轻，那么充满爱和支持的丈夫。"帕斯夸列一边在墙上敲打，一边唱：我是那么幸福，我是那么快乐！"安·夏洛特·莱芙勒5月初在信中告诉母亲。

他们刚搬入更高一层的公寓。很深很漂亮，有四个房间，带阳台，有陶瓷地板、墙纸和装饰精美的天花板。在这里，夫妇俩可扩大交际。他们的第一批晚餐客人是两位文学家，对女主人来说都很有意义。莱芙勒告诉母亲，一个是她丈夫的朋友贝内德托·克罗齐，很聪慧的年轻男子，非常勤奋，尽管他很富有。后来，克罗齐将成为这个国家最有影响力的哲学家，有意义重大的学术生活。另一个是剧作家萨尔瓦多·迪·贾科莫，他对剧本《如何行善》很感兴趣，考虑和女作家一起将它译成意大利语。

其他的关系把他们和一个讲演组织"语言学圈"相连。这是个排外的孤高势利的组织，但讲演很有趣。在这里，安·夏洛特结识了芳妮·赞皮妮·萨拉扎。她是作家，也是意大利妇女解放的鼓吹者。两人之间的友谊迅速发展，她们时常见面。斯特龙戈利公主，也称阿黛莉娜，是个很能给人砥砺的朋友。她参与那不勒斯的女子教育，请莱芙勒做了顾问。安·夏洛特说，这样的女性在任何地方都是稀有的，而那些在周三晚上介绍自己的男士们都十分睿智。也就是说，那不勒斯并不像她担心的那样缺少有趣的交往。

夏天，安·夏洛特不定期地受到灵感的刺激。在短期内，她写出了六幕童话剧《真理的道路》。她写信给亚当·豪赫，这项工作让她觉得重新焕发了青春的活力。当不需要考虑通常的可能性时，她觉得自由。在最近一段时间写了那些布尔乔亚作品后，她觉得，走进童话的自由空间就像是呼吸高原的新鲜空气。这也是当时流行的一种文体。

这个童话剧是五幕加结语，有很多场景变幻，角色繁多。能看到来自众多作品的刺激，比如但丁的《神曲》、歌德的《浮士德》、易卜生的《培尔·金特》以及斯特林堡的《幸运儿佩尔的旅行》。然而，它依然是安·夏洛特最个人化的作品。对于内在的心理场景，她试图尽可能真实——在最深的天性上的真实。可以将《真理的道路》看成是对于朝着"知识女性"这样一个独立的自我认识的她的个人发展的一个自由理解。同时，也是对真理精髓的沉思，对痛苦挑战的沉思，在那些持续的挑战中，她始终希望探求隐藏在人们的表面及政治和宗教的灵丹妙药背后的东西。

《真理的道路》的基调，在童话氛围、现实主义、激烈的戏剧和沉静的反思中快速切换。一种讽刺的扭曲在具有寓言意味的名字中有所显示。寻求真理的维拉，她的反面是代表希望和快乐的斯潘兰萨。在一系列的事件中能辨认出莱芙勒自身的不同经历。她带来并利用了阿尔及尔修道院、巴伐利亚阿尔卑斯山脉、斯堪的纳维亚的冬日、伦敦的贫民窟，还有她自己和天主教堂的接触。自然，她加入了不少热点话题。

她能在十分保守的天主教环境中写出这部戏的结语，十分惊人和大胆。在这里，主人公们到了天堂的等待室。斯潘兰萨和她的同伴被允许入天堂，维拉和她的同伴则被拒绝。原因是，维拉拒绝接受圣徒彼得的话："信仰是通向真理的道路。"不看到那至高无上的存在，她没法对之屈膝。她不能相信自己不明白的。在这里，显示的是安·夏洛特·莱芙勒在宗教问题上的突出立场。结果，维拉会被驱逐于天堂的快乐之外。因为真理有它自己的目标：她越是寻求，越是要持续地寻找。

也就是说，寻求真理有它的代价。对富于洞察力的怀疑论者维拉来说，她所在的路并不对宗教信仰的救赎开放。维拉——或者说安·夏洛特·莱芙勒自己——这样的女人，永不会相信惯例、宗教教条或别人对现实的解释。她必须依靠自己，因为在开放、不可预知的追求中，她才能找到忧郁的满足。

1892年4月，《真理的道路》创作成型，交给皇家剧院。艾伦·凯对它的"充满想象和智慧"印象深刻。她对这个剧的戏剧质量有些迟疑，指出了设计上的一些弱点。在给凯的回答中，莱芙勒说更担心内容。她认为皇家剧院肯定不允许上演这出戏，因为她写的这些是不平常的，无论她自己认为多么无辜，总还是会被他人看作危险。有趣的是，她相信，最强烈的反应会在宗教内容方面。她真以为政治部分就不那么危险吗？她对伦敦工人阶级反抗的描绘是剧中最有力的部分，而她的马克思主义关于资本主义对工人阶级的压迫的分析，大胆而鲜明。皇家剧院经理拒绝这个剧的理由不明。但这出童话剧最终没能在她的有生之年上演。

Il duchino[①]

夏天过后，安·夏洛特又怀孕了。10月，她进入第三个月的孕期，来年5月是预产期。在频繁的信件中，她跟母亲讲述每一个怀孕步骤。她不舒服，尝试了各种食物。关切的丈夫徒劳地让那不勒斯的厨师为她做各种吃的。她在试验一种包括煮得很软的鸡蛋、牛奶、巧克力和牡蛎的早餐。晚餐吃的是龙虾。然而，一切都食之无味。到了怀孕晚期，她主要吃蔬菜泥、芦笋和奶油野草莓。

因为有先前的流产，医生对待她如同对待一个病重的人。她不能爬楼，被封闭在室内。她不参加任何不在家中举行的社交活动。但她还是开心的，充满了希望，觉得会有一个女儿。但她丈夫和婆家自然希望有个小公爵——一个继承人。她向朋友们保证，自己绝没有产前抑郁，但她

---

① 意大利文，小公爵。

当然意识到，分娩或许会要了她的命。那时，生产对每个女人依然是很危险的事，而她是在 42 岁生第一个孩子。

10 月末，她主要是躺在沙发上，完全不能有任何文学创作。可她还是努力写了些她称作《海外旅行》的小品。用童话的调子，她告诉我们一个可怜的公主，因健康原因被迫离开自己的祖国、孩子以及她深爱的丈夫到国外旅行。这个人物背负的放逐的孤独是作家从自身的思乡病中提取出的，那是她持续的同伴，失去和瑞典文化的接触让她烦恼。她尽力让自己不在瑞典文化之外。她阅读所有能入手的，新近出版的斯堪的纳维亚文学。她和在卡普里定居的阿克瑟·蒙特保持精神的联系，满意于能和他说瑞典语。她也被斯堪的纳维亚学生、研究者和作家拜访。在瑞典，艾伦·凯是她最重要的智识联系。

1891 年 3 月，安·夏洛特·莱芙勒收到了一封长长的，比自己小九岁的塞尔玛·拉格洛夫从瑞典寄来的感谢信。拉格洛夫刚在比赛中因自己的五章小说获奖，这就是后来的《尤斯塔·贝林的萨迦》。拉格洛夫将成为瑞典最受欢迎的作家之一，她也将是获得诺贝尔文学奖的第一位女性，瑞典学院第一位女院士。不过，这还是很久之后的事。这时，拉格洛夫正想离开教师岗位，专心做一名作家。她能否这么做呢？她需要更有经验的同事的忠告。

拉格洛夫先是确认莱芙勒既不古怪也不让人讨厌。对她来说，她相信，《女性的气质和性欲的诱发 II 》是精致的艺术品。和任何传统的爱都不同，阿莉的爱美妙、真实和自由。莱芙勒是如何给拉格洛夫回这封信的，不得而知。不过，接下来的一封新年前夜的信件表明，拉格洛夫遵从了显然是从莱芙勒那里得到的建议，并保留了教职。现在《尤斯塔·贝林的萨迦》已作为小说问世。她不信会卖得好，因为书太贵了。不幸的是，她没钱去买书并寄到意大利。出版商在样书上太苛刻。可她还是想听到莱芙勒的意见——假如这本书能有抵达那不勒斯的途径。1892年2月，莱芙勒写给拉格洛夫的回信表明，她无比激动地阅读了《尤斯塔·贝林的萨迦》。她说，这本书闪耀着才华。接着是她详细而慷慨的评论："年轻的作家具备所有了不起的特征，也就是说，想象力、诗意的头脑、力量和独特性！"这封信是莱芙勒对作家同伴的宽厚态度的良好例证。

毫不奇怪，莱芙勒建议拉格洛夫将小说改编为戏剧，莱芙勒刚完成《真理的道路》的构思，觉得《尤斯塔·贝林的萨迦》充满戏剧的可能性，信件以一个详细的故事大纲结束。拉格洛夫对莱芙勒的参与很是感激，不过她解释说，自己还未掌握这个只用对话和动作来表现人物的艺术。但她喜欢戏剧！她很期待阅读《真理的道路》。她在信末表示，很遗憾莱芙勒不在瑞典，她和许多其他的年轻作家依然需要她的暗示，以便找到自己的风格。

圣诞临近，安·夏洛特全力准备接待哥哥尤斯塔和他的西格奈终于到来的访问。所有床垫床套全部由师傅整理过，地板也顺应客人的需要。欢迎晚宴丰盛，始于美味的鱼汤，接着是鱼、菠菜和洋蓟油，烤牛肉配豌豆，沙拉配奶油芝士，奶油馅饼、甜瓜、葡萄和梨。佐餐的是卡伊阿内洛葡萄园的葡萄酒。

尽管她那么努力，家人的来访实在让她失望。不仅天公不作美，更糟糕的是，虽然安·夏洛特试图劝说和诱惑母亲，古斯塔娃还是不肯来。母亲坚持在由斯霍姆和儿子弗雷兹单独过圣诞，她舍不得儿子。不过，最要紧的是，主人不理解，在长久等待之后，客人不肯和他们共度长于一周的时间。下一年的圣诞之前，安·夏洛特在给尤斯塔的最后一封信中写道：帕斯夸列说，假如只是像去年那样，停留那么短，手上全是工作，他就不愿意你们来。

在那不勒斯的这一对身边，交际圈在成长。1892 年 5 月，女作家已没有任何理由思念斯德哥尔摩的旧交际。在那不勒斯，她认识了好多出色的作家、文学家和教授。家里每晚都有访客。她说，真奇怪，人们愿意不怕麻烦地来访，尽管她只招待大家茶和点心。现在，她怀孕九个月。为了让客人们免于难堪，她穿着长而宽松的外套，静坐在自己的扶手椅上接待客人们。

尽管怀孕过程中呕吐不止，安·夏洛特·莱芙勒还是很多产。她完成了《真理的道路》和索菲娅·柯瓦列夫斯卡娅的传记。此外，她与剧作家萨尔瓦多·迪·贾科莫合作，翻译《如何行善》。贝内德托·克罗齐为之书写前言，称她是斯堪的纳维亚的现代作家，是斯特林堡之外瑞典自然主义的主要代表。5月初，《Como si fa il bene》① 出版。帕斯夸列欣喜若狂，一遍遍地阅读。他也曾帮她校对、选择纸张、确定字体和封面。克罗齐和其他记者列出了要发送书籍的报纸清单。迪·贾科莫和芳妮·赞皮妮·萨拉扎对市场推广也有贡献。书引起了关注，反响也很积极。迪·贾科莫很小心地消除了那些不能在意大利被容忍的议论和倾向的痕迹。作者因其社会同情心、观察力和自然风格受到赞扬，这个剧和有着空洞而膨胀的长篇大论的意大利戏剧全然不同。几乎所有的评论都期待它能在意大利舞台上公演。

　　不过，眼下她生活中最重要的是即将到来的宝宝。第三次婚礼成了迎接小公爵的所有准备工作的一部分。据梵蒂冈的规定和保守的派左家庭的看法，孩子会是非婚生的，除非父母在孩子出生前在教堂按常规方式成婚。阿兹诺的教堂祝福，因为没有教廷的允许不属于这个范畴。现在他们需要的是教皇的宽恕、一份许可书和一个教堂婚礼。不过，梵蒂冈需要进一步的决定。安·夏洛特·莱芙勒和帕斯夸列·德尔·派左再次准备了详细的材料递给教廷。许可书在4月里终于下达。那不勒斯的红衣主教要求由自己的牧师主持婚礼。最终，是从前就听新郎忏悔的牧师及老

---

① 意大利文，如何行善。

师唐·恩瑞科·安塔纳西欧在他学校的小礼拜堂里为他们举行了仪式，证人是另两位牧师。5月8日，新郎和新娘穿着日常的散步服，他俩都做了忏悔，领了圣餐。此时，新娘怀孕九个月了。

到那时，她早就准备好迎接这个盼望已久的孩子。春天，她给"深爱的妈妈"的信里解释他们的各项准备时，也表达了四溢的幸福的期待。她订购了不少东西，有丹麦的用于热牛奶的机器、柏林的摩登的婴儿车、伦敦的婴儿服；她还得有个拿得出手的环境，生产后在床上的三周内，会有很多客人，所以得添置符合身份的床、花边床单和时尚的被子。

"安和孩子一切都好"，1892年6月7日，帕斯夸列给在斯德哥尔摩的家人发去了电报。在一个医生和两个助产妇的帮助下，安·夏洛特·莱芙勒生了个约四公斤重的男孩。"我们说意大利语时，我们叫他加埃塔诺，可当我们说瑞典语时，我们叫他尤斯塔。"几天后，快乐的父亲写道。安·夏洛特一直在研究这个宝宝。父母一致认为，他非常漂亮，是个精怪而有趣的宝宝。

十二天后，安·夏洛特·莱芙勒得到医生允许，第一次可以坐在床上，写信给妈妈。第十六天，若一切正常，她可以在椅子上坐一会儿。像上次流产后一样，她被当作重病后的康复者对待。同时，家务可是乱了套。两个还在家中的助产士发生对立。火暴脾气的女管家吉奥瓦娜想怎么样就怎么样。不难理解，安·夏洛特·莱芙勒想念母亲。她抱怨说，家里没个女眷帮着打理一切真是太难了。是呀，古斯塔娃为何就不能来那不勒斯帮自己唯一的女儿呢？在后来的信件中，安·夏洛特徒劳地想吸引母亲过来。

甚至派左家那一边也让她失望。这对新做了父母的人，期待帕斯夸列的母亲或其他人能有某种联系。那样的话，帕斯夸列希望自己的大哥能当教父。虽然婆婆知道儿子和儿媳得到了教堂的恩准，举行了合法的婚礼，但她还是没有心软。她将永远不会见到媳妇。只是从外婆和一个姑姑那里，帕斯夸列得到了祝福。小家伙受洗时，教母是斯特龙戈利公主，教父是帕斯夸列的叔叔桂赛佩——他也不受亲戚欢迎。

8月，安·夏洛特、帕斯夸列和小加埃塔诺在卡普里度过了快乐的几星期。在给母亲古斯塔娃的信中，她再次说明，卡普里是人间的天堂，他们成天处于甜蜜的懒洋洋的状态中。小加埃塔诺成长得很了不起。你真是得看看孩子洗澡时的样子，她骄傲地陈述。阿克瑟·蒙特和其他人一样，觉得小家伙神气极了。她长胖了不少，衣服还穿得下。还有，她前额上有了色斑。

然而，帕斯夸列还是盲目地幸福着，每天都发誓说，她是世上最美的；头发还没有灰白——她补充道。这透露了她是多么在意他俩之间的年龄差。当她回到那不勒斯时，她第三次怀孕了。

在我人生的最高处

回到那不勒斯后，派左一家雇用了一个新的更平和的佣人。她是个德国人，由罗马的巴贝里尼公主推荐。她显得细致，有爱心，把小加埃塔诺照管得很好。还有一个长处是，她年纪大，长得丑，她和奶妈以及宝宝一起出门时，能得到尊重。奶妈没什么经验，很蠢，不能独自出门。那不勒斯街头，奶妈们是被期待的战利品。这个奶妈奶水多，不过这也是她唯一的长处。她对宝宝手很重，走路时会打扰帕斯夸列。佣人是个始终会复发的麻烦。

作家自己也不想被打扰。她没法工作，除非宝宝在她身边的篮子里躺着或牙牙学语。生活开始有了框架，她也恢复了能量和工作欲望。和丈夫商量后，她开始重写《为了幸福的争斗》，一个社会主义风格的剧本。然而，最重要的，她总算可以严肃地开始自己计划了很久的、有关瑞典乡村生活的小说。10 月，她写了几章，十分流畅。新想法每天都冒出来，她觉得充满灵感。她找到了一个对路的轻松写法，希望能有广大的读者群。她乐观地对母亲表示，这本书会是自己的代表作，并让母亲讲述一些小城生活细节。

1892 年秋，安·夏洛特·莱芙勒过得顺风顺水。她的生活和写作看来都充满发展的希望，她对自己的婚姻特别满意，儿子很漂亮也很乖巧。并且她刚明白，儿子可能会有个弟弟或妹妹。也许是个女孩，要不要用《真理的道路》里女主角的名字维拉呢？她被睿智且有影响力的朋友们环绕，她对写作充满了渴望和灵感。近年，她已展示了自己在写作体裁上的宽广：有新闻素描、记录肖像、尖锐感人的短篇故事和大胆的散文、讽刺的喜剧以及向前看的童话剧。现在，她期待伟大的小说。

友人克罗齐确信，她的短篇小说在意大利会很受欢迎。在这里，她被看作一股新鲜的空气。《姨妈马尔维娜》已被翻译好，即将推出。克罗齐写了前言。俄罗斯传来关于翻译她的作品的信号。在德国，朱丽亚·冯·渥尔玛表示，她会就《真理的道路》和柏林的人民剧院联系。她的英国译者兴奋地表示，他也要翻译《真理的道路》，肯定能出版并给她好的条件。索菲娅·柯瓦列夫斯卡娅的传记，也自然会被阅读，肯定能找到译者和出版社。世界就在她脚下。

加埃塔诺刚出生不久，艾伦·凯写信给安·夏洛特，自己曾对她非常担心。一旦她知道他们这一对十分幸福，就有了担忧。那个邪恶而吝啬的魔鬼——"le dieu malveillant et économe"通常会来摧毁这样的幸福。当人的内心没什么会来摧毁幸福，就总会有疾病或死亡，或其他什么事来摧毁这一切。芳妮·赞皮妮说，莱芙勒自己有过类似的预感。在儿子出生前不久，一天晚上，她开始哭泣："我太幸福了，这样美好的生活不会持久。"这不祥的话成了真。几个月后，在过完 43 岁的生日后不久，她被剧烈的腹痛困扰。几天后，因阑尾炎去世——阑尾炎很可能就是那困扰了她一辈子的腹痛。这是 1892 年 10 月 21 日。

在斯德哥尔摩，家人被击垮了。在日记中，尤斯塔·米塔格–莱芙勒写道，他无法估量，他个人的损失有多大。没有人像安·夏洛特那么理解他。没有人能像安·夏洛特那样和他交谈！对她的去世，瑞典媒体反应强烈。著名批评家卡尔·瓦尔伯格对瑞典最好、最勇敢的作家的离世深感遗憾，认为她和斯特林堡一样，是瑞典文学中最重要的力量。他赞扬了她小说中的力量、健康、严肃，她的观察技艺和对时代的观念及运动的了解。特别是，他赞扬她能无所畏惧地提出自己的观点，有女性的奉献和男性的勇气。

在意大利，不同的作家表达了哀思，认为这位瑞典人公爵夫人的死是意大利文学的损失。克罗齐发表了一封给友人帕斯夸列·德尔·派左的信。二十年后，克罗齐依然确信，她本可以在新的祖国建立自己的读者群。她本可以是我们的作家，假如她不是这样早地消逝。

安·夏洛特·莱芙勒自己在她最幸福的时刻，近距离看自己的人生，似乎留下了一个告别：

生活在我面前丰饶而有希望地铺展。我的私人生活和文学生活同样得到了满足，其中一个就如同另一个。假如现在我死去，不得不说，我已在各方面登上人生的高度，一个闪亮的高度，那里，到处是阳光以及巨大、宽广的地平线。

译后记

王 晔

　　我第一次知道安·夏洛特·莱芙勒的名字是在 2008
年，瑞典南部隆德市的一座小剧场上演话剧《家庭的幸
福》。给我戏票的是隆德大学的一位女教授、女性文学研
究者；她告诉我："这个剧作家是一位女性，曾和斯特林堡
齐名，被遗忘了很久，如今，又被重视了。"像是要传教一
般，女教授特意买下剧本，送我细细体会。

　　作家和学者莫妮卡·劳瑞琛所著传记文学《真理的道
路——安·夏洛特·莱芙勒的生活和创作》资料翔实，文
字细腻，2012 年于瑞典各大书店隆重推出后引起广泛瞩目，
并获得奥古斯特奖年度最佳非虚构类作品的提名。书中描绘
的大变革时代为真理而斗争的欧洲群英图让我激动，更让我
有机会系统了解莱芙勒。书名中的关键词是个提醒，莱芙勒
勇敢地探求了真理，同时，她的个人生活和文学创作紧密交
织，又共同顽强地成长。我惊叹活跃在约一百五十年前的这
位卓越女性对人生的思考和探求。她的探求之路是很多与她
同时、在她之后的女性所不曾有过的——很多女性只是不假
思索地活在世间流行的日常轨道上。我甚至觉得，假如二十
岁的我遇到过这样一本书该多好，那样，我就可以更早地感

悟女性的人生要义，放下包袱，自由呼吸了。

2015年盛夏，上海文睿出版社的副总经理，作家林岚女士注意到这本书，询问是否值得出缩写本的中文版——题材毕竟和畅销书背道而驰。我对她说，避开图书市场的前景不谈，就书的内容而言，我认为很有价值：它会启发许多中国女性，甚至掀起一场必要的精神革命——当然，外因要通过内因才能起到作用。世纪文睿愿意不顾市场压力决定推出中译本，令人感佩。后来，翻译任务交到我手边，作为女性，我觉得责无旁贷。

莱芙勒常被贴上女权主义作家的标签。女权主义在她或非有意为之，或根本谈不上什么"女权"和"主义"，不过是本能，是作为女性，在人的需求被压抑的情况下，不由自主的呻吟和诉求。

而今，虽说瑞典女性的自由度有目共睹，研究者却开始重新重视莱芙勒，因为她提出的问题被认为深具现实意义。在中国，从表面看，早已不存在莱芙勒的做"循规蹈矩"的主妇或当"有伤风化"的女作家的两难。今日的女子一般都可以自由地求学、就职、恋爱。但还有一些就在感受中的，来自外界更来自自身的女性性别压抑和生理禁锢。剩女话题鼎盛，结婚生子仍是衡量女子人生幸福的重要指数，更不用说诸如"二奶"和"嫖娼"了——性道德依然单向。这或许也是中国读者（不仅是女性）有必要阅读这本传记的理由。

最后要说的是，谢谢本书责任编辑和图书设计师的费心工作。

2016年11月22日写于瑞典马尔默

图书在版编目(CIP)数据

真理的道路：安·夏洛特·莱芙勒的生活和创作／
(瑞典)莫妮卡·劳瑞琛(Monica Lauritzen)著；王晔译.
—上海：上海人民出版社，2016
ISBN 978－7－208－14217－6

Ⅰ.①真… Ⅱ.①莫… ②王… Ⅲ.①传记文学-
瑞典-现代 Ⅳ.①I532.55

中国版本图书馆 CIP 数据核字(2016)第 296742 号

Sanningens vägar：Anne Charlotte Lefflers liv och dikt
ⓒ Monica Lauritzen

出 品 人　林　岚
责任编辑　崔　琛
封面装帧　钟　颖

真理的道路——安·夏洛特·莱芙勒的生活和创作
[瑞典]莫妮卡·劳瑞琛 著　王　晔 译

出　　版　世纪出版集团 上海人 メ 出 版社
　　　　　(200001　上海福建中路 193 号　www.shsjwr.com)
出　　品　世纪出版股份有限公司上海世纪文睿文化传播分公司
发　　行　世纪出版股份有限公司发行中心
印　　刷　启东市人民印刷有限公司
开　　本　889×1194　1/32
印　　张　8.5
插　　页　1
字　　数　157000
版　　次　2017 年 1 月第 1 版
印　　次　2017 年 1 月第 1 次印刷
I S B N　978－7－208－14217－6／ K·2575
定　　价　35.00 元